絕對合格

QR Code聽力魔法

考試分數大躍進
累積實力
百萬考生見證
應考秘訣
5
根據日本國際交流基金考試相關概要

頂尖題庫 快速記憶術

Grammar, Context and Listening

文法、情境與聽力

扎實累積實戰╳致勝近義分類的高效雙料法寶！

日檢 N5 文法

吉松由美、田中陽子、千田晴夫
大山和佳子、林勝田、山田社日檢題庫小組
合著

山田社 Shan Tian She

打破記憶魔咒，
高效搞定N5！

線上QR碼音檔
一掃即精通

只需10分鐘，
輕鬆完成一課

隨時隨地，
鍛煉您的聽力神經

N5
從被動背誦
轉向主動回想練習

震撼發布！您的日語學習超級工具來了，速度超越光速！

超強感謝祭，獻給熱愛學習的您：

《絕對合格！日檢文法機能分類寶石題庫 N5》

純 QR 碼線上音檔版震撼上市！掃描連接，瞬間學習，實力大躍進！

> **困惑？** 明明每個字都懂，為何合起來就摸不著頭緒？
>
> **無感？** 中文翻譯過來意思一樣，卻總是感覺不對勁？
>
> **別擔心！** 讓我們解決您的文法難題，化挑戰為高分法寶！

近義詞分類 × 激爽海量實戰

雙重秘技，讓您的學習動力滿滿，直達高分！

還在用過時的文法應付日常對話？

考試選項像四胞胎一樣讓您困惑不已？丟分丟到心痛？

中文記憶文法，一遇到相似的就崩潰？

現在就改變！高效學習，秒殺考試，日語高手黨！

每天只需 10 分鐘，進步看得見：

◆ **表達情境大師：** 把日常對話變成文法練習，輕鬆成為應用高手！

根據 N5 考試設計，全面涵蓋各種文法機能，從表達要求、授受，到原因、時間表現，讓生硬的文法自然融入生活，像喝水一樣輕鬆掌握！

◆ **腦洞大開：** 用您的想像力來畫出文法的使用場景，讓大腦的「核心肌群」動起來！

日檢重視的是 "交流中的活用" ——我們不僅僅是學文法，而是學會在實際生活中靈活運用。想像一下在哪些話題中您會用到這些文法，這是記憶最牢固的方式！

◆ **文法掃蕩：** 文法的兄弟姊妹比一比，一次搞定那些容易混淆的相似文法！

針對日檢考試，我們整理了與主題相關的擴展文法，對比它們的相似點和不同點，一次性掌握大量文法，讓您在考前輕鬆衝刺，穩拿高分！

◆ **知識速攻包：** 關鍵詞精華膠囊＋同級例句解鎖，全面速攻！

最精華的解說，搭配同級詞彙撰寫的實用例句，學文法的同時還能增強單字量，告別死記硬背，全面提升日檢技能！

◆ **學完即戰：** 學完立刻測驗，實力馬上見！

這可不是普通的復習，而是 "回憶訓練" ——從記憶到實戰的完美過渡。"學習→測驗"，讓您牢記新知識，學習效果加倍，讓知識穩穩扎根在腦海中！

◆ **碎片時間速學法：** 學日語，不再找藉口！每單元兩頁，碎片時間也能高效利用！

無論是睡前的小點心，還是通勤路上的快速充電，只需 10 分鐘，輕鬆完成一課，讓您的日語學習既簡單又高效！

◆ **隨身辭典：** 忘了就查，學習無阻礙！50 音順的金鑰索引，查找變得超便捷！

每當您需要，只要翻一翻，即刻找到您要的單字，隨查隨學，讓您的學習效率大大提升，再也不怕記憶有障礙！

◆ **聽力強化神器**：隨時隨地，掃碼即聽！用線上音檔提升聽力！

聽力是日檢的致勝法寶。每天反覆聆聽，讓單字深深印在腦海中，增強記憶，讓您的日語聽得清、說得溜！

成為學霸，就差這 6 大超酷技巧！

▲ **一次記一串**：讓生活情境成為您的記憶法則！

讀者真心話："零碎文法太難記，綁在一起記效果驚人！"按照 N5 考試內容，本書將文法按疑問詞、形容詞、時間變化等機能分類，讓您一次掌握所有生活中大大小小的文法！細微差異對比，讓您一次搞懂相似用法，不再混淆。

遇到類似情境時，大腦自動觸發連鎖記憶，迅速激活一整串相關文法。擺脫陷阱選項，正確答案馬上浮現。實戰力爆棚，成為您考試的強大後援團。

▲ **精要膠囊**：關鍵字解析 × 道地生活例句，文法一點就通！

本書不僅涵蓋 N5 所有必考文法，還提供超精簡說明！用關鍵字點出文法精髓，讓您用最少時間抓住要點。由專業日籍老師撰寫的生活化例句，讓您一秒理解文法。告別繁瑣解說，吸收文法更自然、更直觀，不再頭痛燒腦。例句精選同級單字，頁底補充相關詞彙，同步增強單字量，學習效率翻倍！

▲ **高效實戰**：讀完就測驗，讓被動學習變成主動實戰遊戲！

每個單元都設計了專屬的文法選擇題和句子重組題，讓您在記憶猶新時來一場回想練習。不僅是記憶的深化，更是實戰的練兵。每道題都有日文假名，讓您在解題時偷偷學更多，透過上下文推敲單字含義，進一步提升您的閱讀和理解力。邊做題邊驗收學習成果，每一步都讓您感受到進步的快感。貼心的跨頁設計，幫您輕鬆歸納錯題，找出不熟的部分，順暢複習，讓您成為文法大師！

▲ **日檢專攻**：直擊日檢核心，精準破解考試要點！

針對日檢 N5 文法的 3 大題型，我們特訓您在相近文法中選出正確答案。不只是背文法，更讓您清楚理解其用法和意義，識別那些容易混淆的相近用法，同時提升閱讀理解能力。搭配句子重組練習，幫您掌握句子結構，還能大幅提升口說和寫作技巧。透徹掌握考試出題規律，讓您準備日檢得心應手，輕鬆拿下那張備受矚目的證書！

▲ **隨身萬能辭典**：忘了怎麼用？秒查！

每個單元的文法都按 50 音順序排列，書末還有超實用的文法索引表，讓您需要回顧或查找文法時，這本書就是您的私人助理。搜尋一個文法，自動帶出相似文法，學習效果加倍！

▲ **聽力直通車**：用耳朵學日語，練就一口流利東京腔！

誰說沒時間讀書就學不了語言？每篇只需 10 分鐘，由地道日籍老師配音的精彩音檔，趁您通勤、睡前、晨練或洗漱時隨手播放。反覆聆聽，單字和句型自然深植腦海，讓您的日語聽力和語感達到新高度！

為忙碌的現代人設計的學習方案，兩頁一單元，一次只需 10 分鐘，隨時隨地學習。無論是自學還是考前衝刺，這本書都是您的考試軍師。讓文法成為您日檢得分的秘密武器，一次解鎖所有挑戰，勇攀學習高峰！絕對合格！

目錄
もくじ

日檢文法機能分類

N5

寶石題庫

1 格助詞の使用（1）
／格助詞的使用（1）

◆ が

→ 接續方法：{名詞} ＋が

【對象】────────────────

（1）雨の日には、傘がいります。
あめ　ひ　　　　　かさ
下雨天需要用到傘。

（2）私は日本語がわかります。
わたし　にほんご
我懂日語。

（3）池には魚がたくさんいます。
いけ　　さかな
池裡有許多魚。

【主語】────────────────

（1）庭に花が咲いています。
にわ　はな　さ
庭院裡開著花。

◆ [目的語] ＋を

→ 接續方法：{名詞} ＋を

【目的】────────────────

（1）窓を閉めます。
まど　し
關上窗。

單字及補充

|雨 雨，下雨，雨天　|風 風　|天気 天氣；晴天，好天氣　|空 天空，空中；天氣　|池（庭院
あめ　　　　　　　　かぜ　　てんき　　　　　　　　　　　　そら　　　　　　　　　　　　いけ
中的）水池；池塘　|プール【pool】游泳池　|魚 魚　|沢山 很多，大量；足夠，不再需要
さかな　たくさん

|庭 庭院，院子，院落　|花 花　|花瓶 花瓶　|窓 窗戶　|ピアノ【piano】鋼琴　|ネクタイ
にわ　　　　　　はな　　かびん　　　　まど
【necktie】領帶　|ハンカチ【handkerchief 之略】手帕　|締める 勒緊；繫著；關閉　|テニス
し
【tennis】網球

(2) ピアノを弾きます。
　　　　　ひ

　　　彈奏鋼琴。

(3) ネクタイをします。

　　　繫上領帶

(4) 私はテニスをします。
　　　わたし
　　　我要打網球。

練習

Ⅰ [a,b] の中から正しいものを選んで、○をつけなさい。
　　　　　　 なか　　ただ　　　　　　　えら

　① 田中さんは日本語 （a. が　　b. を）　勉強しています。
　　　たなか　　　にほんご　　　　　　　　　　べんきょう

　② 昨日、弟 （a. が　　b. を）　生まれました。
　　　きのう　おとうと　　　　　　　　　う

　③ 家を出る時は鍵 （a. に　　b. を）　かけてください。
　　　いえ　で　とき　かぎ

　④ 秋 （a. に　　b. が）　来ました。
　　　あき　　　　　　　　き

　⑤ 冷蔵庫にバター （a. を　　b. が）　ありますよ。
　　　れいぞうこ

Ⅱ 下の文を正しい文に並べ替えなさい。＿＿＿＿ に数字を書きなさい。
　　　した　ぶん　ただ　　ぶん　なら　か　　　　　　　　すうじ　か

　① 外は暑いですから、＿＿＿　＿＿＿　＿＿＿　＿＿＿。
　　　そと　あつ

　　　1. ましょう　　2. を　　3. 帽子　　4. かぶり
　　　　　　　　　　　　　　　　ぼうし

　② 弟は　＿＿＿　＿＿＿　＿＿＿　＿＿＿。
　　　おとうと

　　　1. 2杯　　2. 食べました　　3. を　　4. ラーメン
　　　　にはい　　　た

文法一點通

　　　這裡的「が」表示對象，也就是愛憎、優劣、巧拙、願望及能力等的對象，後面常接「好き（喜歡）、
いい（好）、ほしい（想要）」、「上手（擅長）」及「分かります（理解）」等詞；「目的語＋を＋他動詞」中
　　　　　　　　　　　　　　じょうず　　　　　　　　わ
的「を」也表示對象，也就是他動詞的動作作用的對象。

2 格助詞の使用（2）

／格助詞的使用（2）

◆ [通過・移動]＋を＋自動詞

→ 接續方法：{名詞}＋を＋{自動詞}

【移動】

（1）子どもが道を歩いています。
<ruby>子<rt>こ</rt></ruby><ruby>道<rt>みち</rt></ruby><ruby>歩<rt>ある</rt></ruby>
孩子走在路上。

（2）この広い道を走ります。
<ruby>広<rt>ひろ</rt></ruby><ruby>道<rt>みち</rt></ruby><ruby>走<rt>はし</rt></ruby>
在那條寬廣的道路奔馳。

【通過】

（1）彼女の家の前を通って学校へ行きます。
<ruby>彼女<rt>かのじょ</rt></ruby><ruby>家<rt>いえ</rt></ruby><ruby>前<rt>まえ</rt></ruby><ruby>通<rt>とお</rt></ruby><ruby>学校<rt>がっこう</rt></ruby><ruby>行<rt>い</rt></ruby>
經過她家門前，到學校去。

◆ [離開點]＋を

→ 接續方法：{名詞}＋を

【起點】

（1）駅の東口を出ます。
<ruby>駅<rt>えき</rt></ruby><ruby>東口<rt>ひがしぐち</rt></ruby><ruby>出<rt>で</rt></ruby>
從車站的東門出來。

（2）息子が小学校を卒業しました。
<ruby>息子<rt>むすこ</rt></ruby><ruby>小学校<rt>しょうがっこう</rt></ruby><ruby>卒業<rt>そつぎょう</rt></ruby>
兒子從小學畢業了。

單字及補充

| 前（空間的）前，前面 | 後ろ 後面；背面，背地裡 | 向こう 前面，正對面；另一側；那邊 | 東 東，東方，東邊 | 西 西，西邊，西方 | 南 南，南方，南邊 | 北 北，北方，北邊 | 入り口 入口，門口 | 出口 出口 | 一（數）一；第一，最初；最好 | 二（數）二，兩個 | 三（數）三；三個；第三；三次 | 四・四（數）四；四個；四次（後接「時、時間」時，則唸「四」| 五（數）五 | 六（數）六；六個 | 七・七（數）七；七個 | 八（數）八；八個 | 九・九（數）九；九個 | 十（數）十；第十

(3) 次の駅で電車を降ります。
　　つぎ　えき　でんしゃ　お
　　在下一站下電車。

◆ から〜まで、まで〜から　／ 1.（距離、時間）從…到…；2.（距離、時間）到…從…

→ 接続方法：｛名詞｝＋から＋｛名詞｝＋まで、｛名詞｝＋まで＋｛名詞｝＋から

【距離範圍】

(1) 駅から大学まで歩いて 15 分です。
　　えき　　だいがく　　ある　　じゅうご ふん
　　從車站走到大學是 15 分鐘。

(2) 台湾まで、東京から飛行機で 4 時間くらいです。
　　タイワン　　とうきょう　　ひこうき　　よ じかん
　　從東京搭飛機到台灣約需 4 個鐘頭。

【時間範圍】

(1) 9 時から 12 時まで出かけます。
　　く じ　　じゅうに じ　　で
　　我 9 點到 12 點要外出。

練習

I [a,b] の中から正しいものを選んで、○をつけなさい。
　　　　　なか　　ただ　　　　　　　えら

① 明日は森　（a. に　　b. を）　散歩します。
　あした　もり　　　　　　　　　　さんぽ

② 飛行機　（a. を　　b. へ）　降りてから、写真を撮りました。
　ひこうき　　　　　　　　　　お　　　　　しゃしん　と

③ この本の 10 ページ（a. たり　　b. から）12 ページ（a. まで　　b. たり）をコ
　　　ほん　じゅっ　　　　　　　　　　　　じゅうに
ピーします。

④ 授業中は席　（a. は　　b. を）　立たない。
　じゅぎょうちゅう　せき　　　　　　　　　　た

II 下の文を正しい文に並べ替えなさい。_____ に数字を書きなさい。
　　した　ぶん　ただ　ぶん　なら　か　　　　　　　　すじ　か

① _____ _____ _____ _____ 午後 5 時まで。昼休みは 1 時間です。
　　　　　　　　　　　　　　　　　ご ご ご じ　　　ひるやす　　いちじかん

　　1. 午前 9 時　　2. は　　3. 仕事　　4. から
　　　ごぜん く じ　　　　　　　し ごと

② その男 _____ _____ _____ _____ 歩いていった。
　　　おとこ　　　　　　　　　　　　　　　　　ある

　　1. は　　2. を　　3. 角　　4. 曲がって
　　　　　　　　　　　　かど　　　ま

9

3 格助詞の使用（３）
／格助詞的使用（３）

◆ [到達點] ＋に ／到…、在…

→ 接續方法：{名詞} ＋に

【到達點】

(1) ここに座ってください。
請坐這裡。

(2) 東京駅に着きました。
抵達東京車站了。

(3) このホテルに泊まりたい。
我想住這家飯店。

◆ [目的] ＋に ／去…、到…

→ 接續方法：{動詞ます形；する動詞詞幹} ＋に

【目的】

(1) 台湾へ旅行に行きました。
我去了台灣旅行。

(2) 郵便局へ切手を買いに行きます。
我要去郵局買郵票。

(3) フランスへ絵の勉強に行きます。
我要去法國學畫畫。

單字及補充

|ここ 這裡；（表時間）最近，目前 ｜そこ 那兒，那邊 ｜あそこ 那邊，那裡 ｜どこ 何處，哪兒，哪裡 ｜座る 坐，跪座 ｜ホテル【hotel】（西式）飯店，旅館 ｜デパート【department store 之略】百貨公司 ｜郵便局 郵局 ｜切手 郵票 ｜貼る・張る 貼上，糊上，黏上 ｜家 自己的家裡（庭）；房屋 ｜春 春天，春季 ｜夏 夏天，夏季 ｜秋 秋天，秋季 ｜冬 冬天，冬季 ｜毎年・毎年 每年 ｜年 年；年紀

◆ [場所] へ／に [目的] に ／到…（做某事）

→ 接續方法：{名詞} ＋へ（に）＋ {動詞ます形；する動詞詞幹} ＋に

【目的】

(1) 花子のうちへ遊びに来ました。
はなこ　　　　あそ　　き
來花子家玩了。

(2) 京都へ桜を見に行きませんか。
きょうと　さくら　み　い
要不要去京都賞櫻呢？

(3) 毎年夏に家族でハワイへ旅行に行きます。
まいとしなつ　かぞく　　　　　　りょこう　い
每年夏天都會全家一起到夏威夷度假。

練習

I [a,b] の中から正しいものを選んで、○をつけなさい。
なか　　　ただ　　　　えら

① 電車が駅 （a. に　　b. が） 着きました。
でんしゃ　えき　　　　　　　　　　　つ

② 夏は北海道へ遊び （a. に　　b. へ） 行きます。
なつ　ほっかいどう　あそ　　　　　　　　　　　い

③ アメリカへ絵の勉強 （a. で　　b. に） 行きます。
え　べんきょう　　　　　　　　　　い

④ 休み時間にプールへ泳ぎ （a. へ　　b. に） 行きました。
やす　じかん　　　　　　およ　　　　　　　　　　　　い

II 下の文を正しい文に並べ替えなさい。_____ に数字を書きなさい。
した　ぶん　ただ　　ぶん　なら　か　　　　　　　　　　　すうじ　か

① 財布 _____ _____ _____ _____ 入れます。
さいふ　　　　　　　　　　　　　　　　　　　　　い

　　1. に　　2. を　　3. ポケット　　4. ズボンの

② 日曜日は友達と _____ _____ _____ _____ 行きます。
にちようび　ともだち　　　　　　　　　　　　　　　　　い

　　1. に　　2. を　　3. 映画　　4. 見
　　　　　　　　　　　　えいが　　　　み

文法一點通

　　「に」表到達點，表示動作移動的到達點；「を」用法相反，表離開點，是表示動作的離開點，後面
常接「出ます（出去；出來）、降ります（下〔交通工具〕）」等動詞。
　　　　で　　　　　　　　　　お

4 格助詞の使用（4）

／格助詞的使用（4）

◆ [場所]＋に ／1.在…、有…；2.在…嗎、有…嗎

→ 接續方法：{名詞} ＋に

【場所】

(1) 私の両親は韓国にいます。
わたし　りょうしん　かんこく
我的父母都在韓國。

(2) 部屋にみんながいますか。
へ や
大家在房間裡嗎？

(3) そこに駅があります。
えき
那裡有座車站。

◆ [場所・方向]へ／に ／往…、去…

→ 接續方法：{名詞} ＋へ（に）

【方向】

(1) 駅を出て、左へ曲がります。
えき　で　　ひだり　ま
出了車站後，向左轉。

(2) 先週、大阪へ行きました。
せんしゅう　おおさか　い
我上週去了大阪。

單字及補充

| 両親 父母，雙親 | 兄弟 兄弟；兄弟姊妹；親如兄弟的人 | 家族 家人，家庭，親屬 | ご主人
りょうしん　　　　　　　きょうだい　　　　　　　　　　　　　　　　　かぞく　　　　　　　　　　　しゅじん
（稱呼對方的）您的先生，您的丈夫 | 奥さん 太太；尊夫人 | 居る（人或動物的存在）有，在；居
おく　　　　　　　　　　　　　　い
住在 | 在る 在，存在 | 有る 有，持有，具有 | 先週 上個星期，上週 | 今週 這個星期，本週
あ　　　　　　　　　　　　あ　　　　　　　　　　　　　せんしゅう　　　　　　　　　こんしゅう
| 来週 下星期 | 毎週 每個星期，每週，每個禮拜 | 先月 上個月 | 今月 這個月 | 来月 下個月
らいしゅう　　　　まいしゅう　　　　　　　　　　　　　　せんげつ　　　　　　こんげつ　　　　　　らいげつ
| 毎月・毎月 每個月 | 待つ 等候，等待；期待，指望 | 泳ぐ（人，魚等在水中）游泳；穿過，擠過
まいげつ　まいつき　　　　　ま　　　　　　　　　　　　　　　　　　およ

12

(3) 先月、日本に（／へ）来ました。
せんげつ　　にほん　　　　　　　　　き
我是上個月來到日本的。

◆ [場所] ＋で　／在…

→ 接續方法：{名詞} ＋で

【場所】

(1) ここで待ちましょう。
　　　　　　ま
在這裡等一會兒吧。

(2) 海で泳ぎます。
うみ　およ
在大海游泳。

(3) 北海道でスキーをしました。
ほっかいどう
在北海道滑了雪。

練習

I [a,b] の中から正しいものを選んで、○をつけなさい。
　　　　なか　　　ただ　　　　　　　　えら

① 机の下　（a. で　　b. に）　犬がいます。
つくえ した　　　　　　　　　　　　　　いぬ

② 夏休みは、国　（a. を　　b. に）　帰ります。
なつやす　　　くに　　　　　　　　　　　　かえ

③ タクシーで映画館　（a. へ　　b. を）　行きました。
えいがかん　　　　　　　　　　　　い

④ 今はホテル　（a. で　　b. に）　働いています。
いま　　　　　　　　　　　　　　　はたら

II 下の文を正しい文に並べ替えなさい。_____ に数字を書きなさい。
した　ぶん　ただ　ぶん　なら　か　　　　　　　　　　すうじ　か

① 車　_____　_____　_____　2匹遊んでいます。
くるま　　　　　　　　　　　　　　　　にひきあそ

　　1. 犬　　2. で　　3. の上　　4. が
　　　いぬ　　　　　　　　うえ

② 私の　_____　_____　_____　_____　います。
わたし

　　1. は　　2. に　　3. アメリカ　　4. 兄
　　　　　　　　　　　　　　　　　　　あに

5 格助詞の使用（5）

／格助詞的使用（5）

◆ [起點（人）]から ／從…、由…

→ 接續方法：{名詞} ＋から

【起點】────────────────

(1) 友達から面白いメールをもらいました。
とも だち　　　　 おも しろ
友人寄了封妙趣橫生的郵件給我。

(2) 父から時計をもらいました。
ちち　　　 と けい
父親給了我一只時鐘。

(3) 両親からお金を借りた。
りょうしん　　　 かね　 か
我跟父母借了筆錢。

◆ [對象（人）]＋に ／給…、跟…

→ 接續方法：{名詞} ＋に

【對象－人】────────────────

(1) 先生に質問します。
せんせい　　 しつもん
向老師提問。

(2) 弟に辞書を貸します。
おとうと　　 じ しょ　 か
把字典借給弟弟。

(3) 好きな人に会いたいです。
す　　 ひと　 あ
我想跟喜歡的人見面。

單字及補充

┃友達 朋友，友人 ┃外国人 外國人 ┃面白い 好玩；有趣，新奇；可笑的 ┃つまらない 無趣，
とも だち　　　　　　　　　　 がいこくじん　　　　　　　 おも しろ
沒意思；無意義 ┃時計 鐘錶，手錶 ┃お金 錢，貨幣 ┃財布 錢包 ┃質問 提問，詢問 ┃辞書
　　　　　　　　　 と けい　　　　　　　　　 かね　　　　　　　　 さい ふ　　　　　　 しつもん　　　　　　 じ しょ
字典，辭典 ┃字引 字典，辭典 ┃カレンダー【calendar】日曆；全年記事表 ┃掛ける 掛在（牆
　　　　　　 じ びき
壁）；戴上（眼鏡）；捆上，打（電話）┃週間 …週，…星期 ┃度 …次；…度（溫度，角度等單位）
　　　　　　　　　　　　　　　　　　　　 しゅうかん　　　　　　　 ど
┃水 水；冷水 ┃やる 做，進行；派遣；給予
　 みず

◆ [對象 (物・場所)] ＋に ／…到、對…、在…、給…

→接續方法：{名詞} ＋に

【對象－物・場所】

(1) 荷物をここに置いてください。
にもつ　　　　　　お
請將行李放在這裡。

(2) 壁にカレンダーを掛けます。
かべ　　　　　　　　　　　か
將日曆掛於牆上。

(3) １週間に１度、花に水をやります。
いっしゅうかん　いちど　はな　みず
一週幫花澆一次水。

練習

Ⅰ [a,b] の中から正しいものを選んで、○をつけなさい。
なか　　　ただ

① 友達 （a. に　　b. へ） 携帯番号を教えます。
ともだち　　　　　　　　　けいたいばんごう　おし

② テーブル （a. で　　b. に） 料理を並べました。
りょうり　なら

③ 友達 （a. が　　b. から） CD を借ります。
ともだち　　　　　　　　　　　　　　か

④ この本は友達 （a. を　　b. に） 借りました。
ほん　ともだち　　　　　　　　　　か

Ⅱ 下の文を正しい文に並べ替えなさい。 _____ に数字を書きなさい。
した　ぶん　ただ　ぶん　なら　か　　　　　　　　　　すうじ　か

① 知らない人 _____ _____ _____ _____ きました。
し　　ひと

1. から　　2. かかって　　3. 電話　　4. が
でんわ

② 壁 _____ _____ _____ _____ を掛けます。
かべ　　　　　　　　　　　　　　　　　　　　か

1. 動物　　2. に　　3. の　　4. 写真
どうぶつ　　　　　　　　　しゃしん

文法一點通

「から」表示起點，前面接人，表示物品、信息等的起點（提供方或來源方），也就是動作的施予者；「を」表示離開點，後面接帶有離開或出發意思的動詞，表示離開某個具體的場所、交通工具、出發地點。

6 格助詞の使用（6）

◆ [時間] ＋に ／在…

→ 接續方法：{時間詞} ＋に

【時間】

(1) 本屋は朝9時にあけます。
書店於早上9點開門。

(2) 10月に日本へ行きます。
我10月要去日本。

(3) 私は3月に生まれました。
我是在3月出生的。

◆ [時間] ＋に＋ [次數] ／…之中、…內

→ 接續方法：{時間詞} ＋に＋ {數量詞}

【範圍內次數】

(1) 1年に1度は海外旅行します。
一年至少會出國旅行一次。

(2) 1週間に2回、プールに行きます。
每週去泳池游兩次。

(3) 1日に5杯、コーヒーを飲みます。
一天喝5杯咖啡。

單字及補充

┃屋 房屋；…店，商店或工作人員 ┃朝 早上，早晨；早上，午前 ┃時 …時 ┃月 …月 ┃生まれる 出生；出現 ┃死ぬ 死亡 ┃回 …回，次數 ┃一日 一天，終日；一整天；一號（唸做ついたち） ┃杯・杯・杯 …杯 ┃醤油 醬油 ┃本・本・本（計算細長的物品）…支，…棵，…瓶，…條 ┃円 日圓（日本的貨幣單位）；圓（形） ┃一人 一人；一個人；單獨一個人 ┃二人 兩個人，兩人 ┃全部 全部，總共 ┃大抵 大部分，差不多；（下接推量）多半；（接否定）一般 ┃多分 大概，或許；恐怕

16

◆ [數量] ＋で＋ [數量]　／共…

→ 接續方法：{數量詞} ＋で＋ {數量詞}

【數量】

(1) この醤油は３本で ６５０ 円です。
　　しょうゆ　さんぼん　ろっぴゃくごじゅう えん
　　這款醬油3瓶650圓。

(2) 一人で全部食べてしまいました。
　　ひとり　ぜんぶ た
　　獨自一人吃光了全部。

(3) この仕事は 100 人で１年かかりますよ。
　　しごと　ひゃく にん　いちねん
　　這項工作要動用 100 人耗費整整一年才能完成喔！

練習

I [a,b] の中から正しいものを選んで、○をつけなさい。
　　　なか　ただ　えら

① おすしを３人　（a. で　　b. を）　６０皿も食べました。
　　さんにん　　　　　　　　　　ろくじゅっ さら　た

② この花は３本　（a. で　　b. は）　500 円です。
　　はな　さんぼん　　　　　　　　　ごひゃく えん

③ 彼女に１週間　（a. が　　b. に）　３回電話をかけます。
　　かのじょ　いっしゅうかん　　　　　　さんかいでん わ

④ 日曜日　（a. に　　b. で）　映画を見ました。
　　にちよう び　　　　　　　　　　えい が み

II 下の文を正しい文に並べ替えなさい。_____ に数字を書きなさい。
　　した ぶん ただ ぶん なら か　　　　　　　　すう じ か

① お薬を出します。_____ _____ _____ _____ ください。
　　くすり だ

　　1. に　　　2. １か月後　　3. また　　4. 来て
　　　　　　　　　いっ げつ ご　　　　　　　　　 き

② １年 _____ _____ _____ _____ へ行きます。
　　いちねん　　　　　　　　　　　　　　　　　 い

　　1. ５回　　　2. に　　3. 映画館　　4. くらい
　　　ご かい　　　　　　　　えい が かん

文法一點通

　　兩個文法的格助詞「に」跟「で」前後都會接數字，但「時間＋に＋次數」前面是某段時間，後面通常用「回／次」，表示範圍內的次數；「數量＋で＋數量」是表示數量總和。

7 格助詞の使用（7）

／格助詞的使用（7）

◆ [方法・手段] ＋で ／1.用…；2.乘坐…

→ 接續方法：{名詞} ＋で

【手段】

(1) テレビでスポーツを見ます。
透過電視看運動轉播。

(2) ボールペンで名前を書きます。
用原子筆寫名字。

【交通工具】

(1) 車で荷物を送ります。
開車送貨。

◆ [材料] ＋で ／1.用…；2.用什麼

→ 接續方法：{名詞} ＋で

【材料】

(1) 野菜でジュースを作ります。
用蔬菜榨成果汁。

(2) 日本のお酒は米でできています。
日本的酒是用米釀製而成的。

單字及補充

| テレビ【television 之略】電視　| ラジオ【radio】收音機；無線電　| ボールペン【ball-point pen 之略】原子筆，鋼珠筆　| ペン【pen】筆，原子筆，鋼筆　| 万年筆 鋼筆　| 鉛筆 鉛筆　| 名前（事物與人的）名字，名稱　| 車 車子的總稱，汽車　| 自転車 腳踏車，自行車　| 自動車 車，汽車　| 飛行機 飛機　| 地下鉄 地下鐵　| 台 …台，…輛　| 架　| お菓子 點心，糕點　| 飴 糖果；麥芽糖　| 作る 做，造；創造；寫，創作　| 声（人或動物的）聲音，語音　| 歳 …歲

(3) これは何で作ったお菓子ですか。
<ruby>何<rt>なに</rt></ruby> <ruby>作<rt>つく</rt></ruby> <ruby>菓子<rt>かし</rt></ruby>

這是用什麼食材製作的甜點呢？

◆ [狀態・情況] ＋で ／在…、以…

→ 接續方法：{名詞} ＋で

【狀態】

(1) いつも一人でレストランに行きます。
<ruby>一人<rt>ひとり</rt></ruby> <ruby>行<rt>い</rt></ruby>

我總是一個人去餐廳。

(2) あの子は元気な声で答えます。
<ruby>子<rt>こ</rt></ruby> <ruby>元気<rt>げんき</rt></ruby> <ruby>声<rt>こえ</rt></ruby> <ruby>答<rt>こた</rt></ruby>

那孩子用宏亮的聲音回答。

(3) ４０歳で社長になりました。
<ruby>四十<rt>よんじゅっ</rt></ruby> <ruby>歳<rt>さい</rt></ruby> <ruby>社長<rt>しゃちょう</rt></ruby>

40歳時當上了社長。

練習

I [a,b] の中から正しいものを選んで、〇をつけなさい。

① ことばの意味を辞書 （a. で　　b. に） 調べます。

② この部屋に靴 （a. で　　b. を） 入らないでください。

③ みかん （a. に　　b. で） お菓子を作ります。

④ 歩いても行けますが、バスに乗れば10分 （a. で　　b. は） 着きます。

II 下の文を正しい文に並べ替えなさい。＿＿＿ に数字を書きなさい。

① ＿＿＿　＿＿＿　＿＿＿　＿＿＿ 上がってください。

　　1. に　　2. で　　3. エレベーター　　4. ５階

② 卵 ＿＿＿　＿＿＿　＿＿＿　＿＿＿ を作りました。

　　1. パン　　2. と　　3. サンドイッチ　　4. で

8 格助詞の使用（8）

／格助詞的使用（8）

◆ 名詞＋と＋名詞　／…和…、…與…

→ 接續方法：{名詞}＋と＋{名詞}

【名詞的並列】

(1) 電車とバスで大学へ行きます。
　　でんしゃ　　　　　　だいがく　い
　　搭電車和巴士去大學上課。

(2) 中国語とフランス語ができます。
　　ちゅうごくご　　　　　　　　ご
　　我懂中文和法文。

◆ 名詞＋と＋おなじ　／1.和…一樣的、和…相同的；2.…和…相同

→ 接續方法：{名詞}＋と＋おなじ

【同樣】

(1) 彼女と同じかばんがほしいです。
　　かのじょ　おな
　　我也想要跟她同款的包包。

(2) 私は由香さんと同じクラスの友達です。
　　わたし　ゆか　　　　おな　　　　　　ともだち
　　我和由香是同班的好朋友。

◆ [對象]と　／1.跟…一起；2.跟…（一起）；3.跟…

→ 接續方法：{名詞}＋と

單字及補充

| バス【bus】巴士，公車　| 語 語言；…語　| 出来る 能，可以，辦得到；做好，做完　| 会う 見面，會面；偶遇，碰見　| 女の子 女孩子；少女　| 男の子 男孩子；年輕小伙子　| 出す 出聲；拿出，取出；提出；寄出

【對象】

(1) 彼女と一緒に日本へ行きます。
　　かのじょ　いっしょ　にほん　い
　　我要跟她一起去日本。

(2) 私は今日、彼と会いました。
　　わたし　きょう　かれ　あ
　　我今天遇到他了。

◆ [引用內容] と　／說…、寫著…

→ 接續方法：{句子} ＋と

【引用內容】

(1) 女の子は「キャー！」と大きな声を出しました。
　　おんな　こ　　　　　　おお　　こえ　だ
　　女孩「啊！」地大聲尖叫了。

(2) 店長に「今日休みます。」とメールしました。
　　てんちょう　きょうやす
　　傳了訊息報告店長「今天要請假」。

練習

I [a,b] の中から正しいものを選んで、○をつけなさい。
　　　　なか　　　ただ　　　　　　えら

① 四つの季節では、春 （a. と　　b. も）　秋が好きです。
　　よっ　きせつ　　　はる　　　　　　　　　　あき　す

② 友達 （a. と　　b. に）　図書館で勉強します。
　　ともだち　　　　　　　　　　としょかん　べんきょう

③ この町は20年前 （a. に　　b. と）　同じです。
　　　　まち　にじゅうねんまえ　　　　　　　　　おな

④ 彼女は「ありがとう。」 （a. を　　b. と）　明るい声で言った。
　　かのじょ　　　　　　　　　　　　　　　　　あか　　こえ　い

II 下の文を正しい文に並べ替えなさい。＿＿＿に数字を書きなさい。
　　した　ぶん　ただ　ぶん　なら　か　　　　　　　　すうじ　か

① 毎朝、＿＿＿ ＿＿＿ ＿＿＿ ＿＿＿ を散歩します。
　　まいあさ　　　　　　　　　　　　　　　　　　　　さんぽ

　　1. 犬　　2. 公園　　3. 一緒に　　4. と
　　　いぬ　　　こうえん　　　いっしょ

② デパートで ＿＿＿ ＿＿＿ ＿＿＿ ＿＿＿ 買いました。
　　　　　　　　　　　　　　　　　　　　　　か

　　1. と　　2. を　　3. かばん　　4. 靴
　　　　　　　　　　　　　　　　　くつ

9 格助詞の使用（9）
／格助詞的使用（9）

◆ や ／…和…

→ 接續方法：｛名詞｝＋や＋｛名詞｝

【列舉】

(1) 図書館で本や雑誌を借ります。
としょかん　ほん　ざっし　か
要到圖書館借閱書籍或雜誌。

(2) 椅子や机を買いました。
いす　つくえ　か
買了椅子跟書桌。

(3) ズボンや帽子をきれいに洗います。
ぼうし　あら
把褲子和帽子洗乾淨。

(4) 財布にはお金やカードが入っています。
さいふ　かね　はい
錢包裡裝著錢和信用卡。

◆ や〜など ／和…等

→ 接續方法：｛名詞｝＋や＋｛名詞｝＋など

【列舉】

(1) 朝は料理や洗濯などで忙しいです。
あさ　りょうり　せんたく　いそが
早上要做飯、洗衣等，真是忙碌。

(2) ここに名前や住所、電話番号などを書きます。
なまえ　じゅうしょ　でんわ　ばんごう　か
請在這裡寫上大名、住址和電話號碼等資料。

單字及補充

｜図書館 圖書館　｜本 書，書籍　｜雑誌 雜誌，期刊　｜コピー【copy】拷貝，複製，副本　｜机
としょかん　　　　ほん　　　　　ざっし　　　　　　　　　　　　　　　　　　　　　　　　　　　　つくえ
桌子，書桌　｜椅子 椅子　｜買う 購買　｜売る 賣，販賣；出賣　｜ズボン【(法) jupon】西裝褲；
いす　　　　　か　　　　　　う
褲子　｜帽子 帽子　｜料理 菜餚，飯菜；做菜，烹調　｜洗濯 洗衣服，清洗，洗滌　｜掃除 打掃，
ぼうし　　　　りょうり　　　　　　　　　　　　　せんたく　　　　　　　　　　　そうじ
清掃，掃除　｜等（表示概括，列舉）…等　｜電話 電話；打電話　｜番号 號碼，號數
など　　　　　　　　　　　　でんわ　　　　　　　ばんごう

(3) 八百屋に野菜や果物などが売っています。
　　や　お　や　　や　さい　くだもの　　　　　　　　　　　　う
菜販販售著蔬菜和水果等商品。

(4) 日本や韓国など、アジアの国を旅行しました。
　　に　ほん　　かんこく　　　　　　　　　　　くに　りょこう
我去了日本和韓國等等亞洲國家旅行。

練習

I [a,b] の中から正しいものを選んで、○をつけなさい。
　　　　なか　　ただ

① 鞄の中には本　（a. や　　b. か）　財布が入っています。
　　かばん　なか　　ほん　　　　　　　　　　　　　　　さい　ふ　　はい

② 着物で、バック　（a. や　　b. も）　ズボンを作りました。
　　き　もの　　　　　　　　　　　　　　　　　　　つく

③ りんごやみかん　（a. でも　　b. など）　の果物が好きです。
　　　　　　　　　　　　　　　　　　　　　くだもの　す

④ デパートでネクタイ　（a. が　　b. や）　鞄を買いました。
　　　　　　　　　　　　　　　　　　　　かばん　か

⑤ 駅前にはパン屋や本屋、靴屋　（a. とか　　b. など）　があります。
　　えきまえ　　　　や　ほんや　くつや

II 下の文を正しい文に並べ替えなさい。＿＿＿に数字を書きなさい。
　　　した　ぶん　ただ　ぶん　なら　か　　　　　　　　すうじ　か

① スポーツの後は、お茶 ＿＿＿ ＿＿＿ ＿＿＿ ＿＿＿ 飲みましょう。
　　　　　　あと　　　　お　ちゃ　　　　　　　　　　　　　　　　　　の

　　1. を　　2. など　　3. や　　4. ジュース

② ＿＿＿ ＿＿＿ ＿＿＿ ＿＿＿ ノートがあります。

　　1. 鉛筆　　2. 上に　　3. や　　4. 机の
　　　えんぴつ　　　うえ　　　　　　　つくえ

③ ＿＿＿ ＿＿＿ ＿＿＿ ＿＿＿ アイスなどを買いました。
　　　　　　　　　　　　　　　　　　　　　　　か

　　1. 飲み物　　2. で　　3. や　　4. コンビニ
　　　の　もの

文法一點通

　　「や」和「名詞＋と＋名詞」意思都是「…和…」，「や」暗示除了舉出的二、三個例子之外，還有其他的；「と」則會舉出所有事物來。

10 格助詞の使用（10）

／格助詞的使用（10）

◆ 名詞＋の＋名詞　／…的…

→ 接續方法：{名詞} ＋の＋ {名詞}

【所屬】

（1）これは私の靴です。（所有）
　　　これは　わたし　くつ
　　　這是我的鞋子。

（2）石の皿はきれいです。（材料）
　　　いし　さら
　　　石盤子素雅大器。

（3）2000 万の家を買いました。（数量）
　　　にせん　まん　いえ　か
　　　買了 2000 萬圓的房子。

◆ 名詞＋の　／…的

→ 接續方法：{名詞} ＋の

【省略名詞】

（1）この車は会社のです。
　　　くるま　かいしゃ
　　　這台車是公司的。

（2）あのカレンダーは来年のです。
　　　らいねん
　　　那份月曆是明年的。

（3）私の傘は一番左のです。
　　　わたし　かさ　いちばんひだり
　　　我的傘是最左邊那支。

單字及補充

▎これ 這個，此；這人；現在，此時 ▎それ 那，那個；那時，那裡；那樣 ▎あれ 那，那個；那時；那裡 ▎どれ 哪個 ▎私 我（謙遜的唸法為「わたくし」） ▎さん（接在人名，職稱後表敬意或親切）…先生，…小姐 ▎万（數）萬 ▎百（數）一百；一百歲 ▎千（數）千，一千；形容數量之多 ▎この 這…，這個… ▎その 那…，那個… ▎あの（表第三人稱，離説話雙方都距離遠的）那，那裡，那個 ▎どの 哪個，哪…

◆ 名詞＋の　／…的…

→ 接続方法：{名詞} ＋の

【名詞修飾主語】

(1) これは私の描いた絵です。
　　 這是我畫的畫。

(2) これは友達の撮った写真です。
　　 這是朋友拍的照片。

(3) 先生の書いた本を読みました。
　　 拜讀了老師寫的大作。

練習

I [a,b] の中から正しいものを選んで、○をつけなさい。

① 日本語　（a. に　　b. の）　本を買いました。

② あの青い車は私　（a. の　　b. へ）　です。

③ 日曜日　（a. が　　b. の）　天気は悪かったです。

④ 姉　（a. の　　b. を）　作ったケーキが好きです。

II 下の文を正しい文に並べ替えなさい。＿＿＿＿に数字を書きなさい。

① ＿＿＿ ＿＿＿ ＿＿＿ ＿＿＿ を見たいです。

　　 1. の　　2. 父　　3. 会社　　4. 働いている

② この ＿＿＿ ＿＿＿ ＿＿＿ ＿＿＿ ですか。

　　 1. 誰　　2. は　　3. の　　4. 傘

文法一點通

　　為了避免重複，用形式名詞「の」代替前面提到過的，無須說明大家都能理解的名詞，或後面將要說明的事物、場所等；「形容詞＋の」表示修飾「の」。形容詞後面接的「の」是一個代替名詞，代替句中前面已出現過，或是無須解釋就明白的名詞。

25

11 副助詞の使用（１）

／副助詞的使用（１）

◆ は〜です ／…是…

→ 接続方法：｛名詞｝ ＋は＋ ｛敘述的內容或判斷的對象之表達方式｝ ＋です

【提示】

(1) 夏は暑いです。
　　なつ　あつ
　　夏天酷熱炎炎。

(2) 彼女は留学生です。
　　かのじょ　りゅうがくせい
　　她是留學生。

(3)（私は）李芳です。よろしくお願いします
　　わたし　リーフアン　　　　　　　　ねが
　　（我叫）李芳，請多指教。

◆ は〜が

→ 接続方法：｛名詞｝ ＋は＋ ｛名詞｝ ＋が

【提示】

(1) 今日は天気がいいです。
　　きょう　てんき
　　今天天氣晴朗。

(2) 今日は、海がきれいです。
　　きょう　　うみ
　　今天的大海如詩如畫。

單字及補充

┃留学生 留學生 　┃テスト【test】考試，試驗，檢查 　┃申す 叫做，稱；說，告訴 　┃（どうぞ）
りゅうがくせい　　　　　　　　　　　　　　　　　　　　　　もう
よろしく 指教，關照 　┃お願いします 麻煩，請；請多多指教 　┃こちらこそ 哪兒的話，不敢當
　　　　　　　　　　　ねが
┃鼻 鼻子 　┃耳 耳朵 　┃背・背 身高，身材 　┃大きい（數量，體積，身高等）大，巨大；（程度，範
はな　　　みみ　　　　せ　せい　　　　　　おお
圍等）大，廣大 　┃小さい 小的；微少，輕微；幼小的 　┃好き 喜好，愛好；愛，產生感情 　┃大好き
　　　　　　　　　　ちい　　　　　　　　　　　　　　　　　す　　　　　　　　　　　　　　　　だいす
非常喜歡，最喜歡 　┃可愛い 可愛，討人喜愛；小巧玲瓏 　┃楽しい 快樂，愉快，高興 　┃嫌い 嫌
　　　　　　　　　かわい　　　　　　　　　　　　　　たの　　　　　　　　　　　きら
惡，厭惡，不喜歡 　┃嫌 討厭，不喜歡，不願意；厭煩
　　　　　　　　いや

26

(3) 私は鼻がとても大きいです。
わたし はな おお
我的鼻子非常巨大。

◆ は〜が、〜は〜 ／但是…

→ 接續方法：{名詞}＋は＋{名詞です（だ）；形容詞・動詞丁寧形（普通形)}＋が、{名詞}＋は

【對比】

(1) 京都へは行きますが、大阪へは行きません。
きょう と い おおさか い
我會去京都，但不會去大阪。

(2) ワインは好きですが、ビールは好きではありません。
す す
雖然喜歡喝紅酒，但並不喜歡喝啤酒。

(3) 掃除はしますが、料理はしません。
そう じ りょう り
我會打掃，但不做飯。

練習

I [a,b] の中から正しいものを選んで、○をつけなさい。
なか ただ えら

① この銀行 （a. で b. は） 便利です。
ぎんこう べん り

② 山下さんの家 （a. も b. は） 玄関が大きくて、いいなあ。
やました いえ げんかん おお

③ この店 （a. は b. が） 魚料理が有名です。
みせ さかなりょうり ゆうめい

④ この映画 （a. に b. は） 有名です。
えい が ゆうめい

II 下の文を正しい文に並べ替えなさい。＿＿＿に数字を書きなさい。
した ぶん ただ ぶん なら か すう じ か

① この映画 ＿＿＿ ＿＿＿ ＿＿＿ ＿＿＿、その映画はまだです。
えい が えい が

　　1. が　　2. もう　　3. は　　4. 見ました
み

② 私 ＿＿＿ ＿＿＿ ＿＿＿ ＿＿＿ ほしいです。
わたし

　　1. 靴　　2. が　　3. 新しい　　4. は
くつ あたら

12 副助詞の使用（２）

Track 12

／副助詞的使用（２）

◆ も ／竟、也

→ 接續方法：{數量詞} ＋も

【強調】

（1）風邪で 10 人も休んでいます。
かぜ　　じゅうにん　　やす
因感冒而導致多達 10 人請假。

（2）日本語の本を５冊も買いました。
にほんご　　ほん　　ごさつ　　か
買了多達 5 本日文書。

（3）この村には川が７本もあります。
むら　　　かわ　ななほん
這個村子有多達 7 條河。

◆ には、へは、とは

→ 接續方法：{名詞} ＋には、へは、とは

【強調】

（1）この部屋は私にはちょっと広いです。
へや　わたし　　　　　　　ひろ
這房間對我來說有點太大了。

（2）この電車は京都へは行きません。
でんしゃ　きょうと　い
這班電車不駛往京都。

（3）鈴木さんとは昨日初めて会いました。
すずき　　　きのうはじ　　あ
我昨天才第一次見到了鈴木小姐。

單字及補充

| 風邪 感冒，傷風 | 病気 生病，疾病 | 引く 拉，拖；翻查；感染（傷風感冒） | 困る 感到傷
かぜ　　　　　　　びょうき　　　　　　　　　ひ　　　　　　　　　　　　　　　　　　　　　　　　　　　こま
腦筋，困擾；難受，苦惱；沒有辦法 | 人 …人 | 休む 休息，歇息；停歇；睡，就寢；請假，缺勤
にん　　　　　　やす
| 冊 …本，…冊 | 川・河 河川，河流 | 部屋 房間；屋子 | 昨日 昨天；近來，最近；過去
さつ　　　　　　　かわ　かわ　　　　　　　　　へや　　　　　　　　　きのう
| 一昨日 前天 | 初めて 最初，初次，第一次 | 初め 開始，起頭；起因 | 初めまして 初次見
おととい　　　　　　はじ　　　　　　　　　　　　　　　　　　はじ　　　　　　　　　　　　　　　　　はじ
面，你好 | 先生 老師，師傅；醫生，大夫 | 答える 回答，答覆；解答 | 人 …人
せんせい　　　　　　　　　　　　　　　こた　　　　　　　　　　　　　　　じん

28

◆ にも、からも、でも

→ 接續方法：{名詞} ＋にも、からも、でも

【強調】

(1) 先生はどんな質問にも答えてくれます。
老師不論任何問題都能解答。

(2) 父からも本をもらいました。
父親也送給了我書籍。

(3) これは日本人でもわからないでしょう。
這就連日本人也不知道吧。

練習

I [a,b] の中から正しいものを選んで、○をつけなさい。

① これは小さな子ども （a. にも　　b. からも） わかることです。

② おいしかったので、5杯 （a. も　　b. でも） 飲んでしまいました。

③ 同じ日に 20 回 （a. にも　　b. も） 電話をかけました。

④ 山 （a. には　　b. へは）、駅前から 6 番バスに乗ってください。

II 下の文を正しい文に並べ替えなさい。 _____ に数字を書きなさい。

① 彼女 _____ _____ _____ _____ になりました。

　　1. とは　　2. 友達　　3. で　　4. パーティー

② 教室から富士山が見えます。_____ _____ _____ _____ 見えます。

　　1. 私　　2. 部屋　　3. の　　4. からも

文法一點通

　　「は」表強調，前接格助詞時，是用在特別提出格助詞前面的名詞的時候；「も」也表強調，前接格助詞時，表示除了格助詞前面的名詞以外，還有其他的人事物。

13 副助詞の使用（3）

／副助詞的使用（3）

◆ ぐらい、くらい ／1.（時間、數量）大約、左右、上下；2.和…一樣…

→ 接續方法：{數量詞} ＋ぐらい、くらい

【時間】────────────────

   （1）日本語を３年ぐらい勉強しました。
        にほんご　　さんねん　　　　　べんきょう
       日文學了莫約３年。

【數量】────────────────

   （1）この本は半分ぐらい読みました。
        ほん　はんぶん　　　よ
       這本書讀了一半左右。

【程度相同】────────────────

   （1）私の国は日本の夏と同じくらい暑いです。
        わたし　くに　　にほん　なつ　　おな　　　　　あつ
       我的國家的氣候差不多和日本的夏天一樣熱。

◆ だけ ／只、僅僅

→ 接續方法：{名詞（＋助詞＋）} ＋だけ；{名詞；形容動詞詞幹な} ＋
　　だけ；{形容詞・動詞普通形} ＋だけ

【限定】────────────────

   （1）見るだけですよ。触らないでください。
        み　　　　　　　　　さわ
       只能用眼睛看喔！請不要伸手觸摸。

單字及補充

｜半分 半，一半，二分之一　｜半 …半；一半　｜個 …個　｜番（表示順序）第…，…號；輪班；看
はんぶん　　　　　　　　　　　　　はん　　　　　　　こ　　　　　　ばん
守　｜匹・匹（鳥，蟲，魚，獸）…匹，…頭，…條，…隻　｜ページ【page】…頁　｜ずつ（表示均攤）
ひき ぴき
毎…，各…；表示反覆多次　｜一々 一一，一個一個；全部；詳細　｜だけ 只有…　｜覚える 記住，
　　　　　　　　　　　　　　　　　いちいち　　　　　　　　　　　　　　　　　　　　　　　おぼ
記得；學會，掌握

◆ しか＋［否定］ ／只、僅僅

→ 接續方法：{名詞（＋助詞)}　＋しか〜ない

【限定】

(1) この椅子は足が３本しかない。
この椅子は足が３本しかない。
這張椅子只有３隻腳。

(2) 毎日ジュースしか飲みません。
まいにち　　　　　　　　の
每天不喝別的只喝果汁。

◆ ずつ ／每、各

→ 接續方法：{數量詞}　＋ずつ

【等量均攤】

(1) 　１日に３個ずつ単語を覚えます。
いちにち　さんこ　　　　たんご　おぼ
每天記３個單字。

(2) 空が少しずつ暗くなってきました。
そら　すこ　　　　　くら
天色逐漸暗了下來。

練習

Ⅰ [a,b] の中から正しいものを選んで、○をつけなさい。
なか　　ただ　　　　　えら

① 毎日少し　　(a. で　　b. ずつ)　勉強しましょう。
まいにちすこ　　　　　　　　　　　　　べんきょう

② この薬は１日１回、朝　(a. だけ　　b. しか)　飲みます。
くすり　いちにちいっかい　あさ　　　　　　　　　　　　の

③ この車は４人　(a. ぐらい　　b. しか)　乗れません。
くるま　よにん　　　　　　　　　　　　　　の

④ もう 20 年　(a. ごろ　　b. ぐらい)　日本に住んでいます。
にじゅう ねん　　　　　　　　　　　　　にほん　す

Ⅱ 下の文を正しい文に並べ替えなさい。＿＿＿ に数字を書きなさい。
した　ぶん　ただ　ぶん　なら　か　　　　　　　　すうじ　か

① では、＿＿＿　＿＿＿　＿＿＿　＿＿＿　入ってください。
はい

　　1. ずつ　　2. 部屋　　3. 一人　　4. に
　　　　　　　　　　へや　　　ひとり

② 東京駅まで、家　＿＿＿　＿＿＿　＿＿＿　くらいです。
とうきょうえき　　いえ

　　1. で　　2. から　　3. 車　　4. ２時間
　　　　　　　　　　　　くるま　　にじかん

14 副助詞の使用（４）

／副助詞的使用（４）

◆ は〜ません ／不…

→ 接續方法：{名詞} ＋は＋ {否定的表達形式}

【動詞的否定句】

（1）王さんは刺身を食べません。
王小姐不吃生魚片。

【名詞的否定句】

（1）明日は暇ではありません。
明天沒空。

◆ も ／1. 也…也…、都是…；2. 也、又；3. 也和…也和…

【並列】

（1）父も母も元気です。
家父和家母都老當益壯。

【累加】

（1）花子は日本人です。太郎も日本人です。
花子是日本人，太郎也是。

【重覆】

（1）京都にも、東京にも行きたいです。
京都和東京我都想去。

單字及補充

｜父 家父，爸爸，父親 ｜母 家母，媽媽，母親 ｜お父さん（「父」的鄭重説法）爸爸，父親
｜お母さん（「母」的鄭重説法）媽媽，母親 ｜元気 精神，朝氣；健康 ｜では、お元気で 請多保
重身體 ｜では、また 那麼，再見 ｜さよなら・さようなら 再見，再會；告別 ｜おはようござ
います（早晨見面時）早安，您早 ｜今日は 你好，日安 ｜今晩は 晩安你好，晩上好 ｜お休み
なさい 晩安 ｜知る 知道，得知；理解；認識；學會

◆ か　／或者…

→ 接續方法：{名詞} ＋か＋ {名詞}

【選擇】

（1）バナナかリンゴを買ってきてください。
請買香蕉或蘋果回來。

◆ か〜か〜　／ 1.…或是…；2.…呢？還是…呢

→ 接續方法：{名詞} ＋か＋ {名詞} ＋か；{形容詞普通形} ＋か＋
{形容詞普通形} ＋か；{形容動詞詞幹} ＋か＋ {形容動詞詞幹} ＋
か；{動詞普通形} ＋か＋ {動詞普通形} ＋か

【選擇】

（1）参加するかしないか、決めてください。
究竟要參加還是不參加，請做出決定！

【疑問】

（1）彼女は行くか、行かないか、知っていますか。
你知道她是去還是不去嗎？

練習

I [a,b] の中から正しいものを選んで、○をつけなさい。

① 冬休みはスキーか温泉 （a. の　　b. か）、どっちがいいでしょうか。

② 先生 （a. も　　b. にも） 学生もいます。

③ 日本語 （a. も　　b. か） 英語で答えてください。

④ コーヒー （a. か　　b. と） 何か、熱いものが飲みたいなあ。

II 下の文を正しい文に並べ替えなさい。_____ に数字を書きなさい。

① 私はあなた _____ _____ _____ _____。

　　1. 好き　　2. が　　3. ありません　　4. では

② _____ _____ _____ _____ 船で行きます。

　　1. 飛行機　　2. か　　3. は　　4. 沖縄

33

15 その他の助詞の使用（1） Track 15

／其他助詞的使用（1）

◆ が ／但是…

→ 接續方法：｛名詞です（だ）；形容動詞詞幹だ；形容詞・動詞丁寧形（普通形）｝＋が

【逆接】

(1) 部屋は古いが明るいです。
へや　ふる　あか
房間雖陳舊但採光良好。

(2) 王さんは英語は上手ですが、日本語は下手です。
オウ　えいご　じょうず　にほんご　へた
王同學的英文流利，但日語卻不太行。

(3) ワインは飲みますが、ビールは飲みません。
の　の
雖然會喝紅酒，但不喝啤酒。

◆ が

→ 接續方法：｛句子｝＋が

【前置詞】

(1) 失礼ですが、どちら様ですか。
しつれい　さま
束我冒昧，您是哪位呢？

(2) 今度の日曜日ですが、テニスをしませんか。
こんど　にちようび
下個星期天，要不要一起打網球呢？

單字及補充

┃ どちら（方向，地點，事物，人等）哪裡，哪個，哪位（口語為「どっち」） ┃ こちら 這邊，這裡，這方面；這位；我，我們（口語為「こっち」） ┃ そちら 那兒，那裡；那位，那個；府上，貴處（口語為「そっち」） ┃ あちら 那兒，那裡；那個；那位 ┃ 日曜日 星期日
にちようび
┃ 月曜日 星期一
げつようび
┃ 火曜日 星期二
かようび
┃ 水曜日 星期三
すいようび
┃ 木曜日 星期四
もくようび
┃ 金曜日 星期五
きんようび
┃ 土曜日 星期六
どようび
┃ 誕生日 生日
たんじょうび
┃ もしもし（打電話）喂；喂（叫住對方） ┃ どうぞ（表勸誘，請求，委託）請；（表承認，同意）可以，請 ┃ どうも 怎麼也；總覺得；實在是，真是；謝謝 ┃ 要る 要，需要，必要
い

(3) もしもし、山田ですが、松田さんはいらっしゃいますか。

喂，我是山田，請問松田先生在嗎？

◆ [疑問詞]＋か

→ 接續方法：{疑問詞} ＋か

【不明確】

(1) 何か食べませんか。

要不要吃點什麼？

(2) あの男の人が誰か知っていますか。

你知道那個男人是誰嗎？

(3) 郵便局へ行きますが、林さんは何かいりますか。

我要去郵局一趟，林先生有什麼需要嗎？

練習

I [a,b] の中から正しいものを選んで、○をつけなさい。

① 外は寒いです （a. か　　b. が）、家の中は暖かいです。

② すみません （a. が　　b. の）、もう1度言ってください。

③ どこ （a. か　　b. へ）静かなところで話しましょう。

④ お金はありません （a. が　　b. ので）、時間はあります。

II 下の文を正しい文に並べ替えなさい。＿＿＿＿に数字を書きなさい。

① 早く ＿＿＿ ＿＿＿ ＿＿＿ ＿＿＿、よろしいでしょうか。

　　1. ん　 2. が　 3. 帰りたい　 4. です

② この絵は ＿＿＿ ＿＿＿ ＿＿＿ ＿＿＿ ことがあります。

　　1. どこ　 2. で　 3. か　 4. 見た

16 その他の助詞の使用（２）Track 16
／其他助詞的使用（２）

◆ [疑問詞]＋が

→ 接續方法：｛疑問詞｝＋が

【疑問詞主語】

(1)「誰が食べましたか。」「弟が食べました。」
「是誰吃掉的？」「是弟弟吃的。」

(2) みんなはいつが暇ですか。
各位何時有空呢？

(3) あなたはどれが好きですか。
您喜歡哪一個呢？

(4) 彼女は何が見たいですか。
她想看什麼呢？

◆ [句子]＋か、[句子]＋か ／是…，還是…

→ 接續方法：｛句子｝＋か、｛句子｝＋か

【選擇性的疑問句】

(1) 外は晴れですか、雨ですか。
外面是晴朗還是在下雨呢？

(2) 母は台所にいますか、トイレにいますか。
媽媽在廚房嗎？還是在廁所呢？

單字及補充

┃弟 弟弟（鄭重説法是「弟さん」）┃妹 妹妹（鄭重説法是「妹さん」）┃兄 哥哥，家兄；姐夫
┃姉 姊姊，家姊；嫂子 ┃皆 大家，全部，全體 ┃何時 何時，幾時，什麼時候；平時 ┃晴れ（天氣）晴，（雨，雪）停止，放晴 ┃晴れる（天氣）晴，（雨，雪）停止，放晴 ┃台所 廚房 ┃外国 外國，外洋

(3) このお菓子は台湾のですか、日本のですか。

　　　這種甜點是台灣的呢？還是日本的呢？

(4) ジャンさんはアメリカ人ですか、ブラジル人ですか。

　　　傑先生是美國人呢？還是巴西人呢？

練習

Ⅰ [a,b] の中から正しいものを選んで、○をつけなさい。

① 「教室に誰　（a. は　　b. が）　いますか。」「誰もいません。」

② どの映画　（a. か　　b. が）　面白いですか。

③ 明日は暑いです　（a. が　　b. か）、寒いです　（a. か　　b. よ）。

④ あかちゃんは男の子です　（a. か　　b. と）、女の子です　（a. か　　b. ね）。

⑤ クッキーとパンではどっち　（a. が　　b. も）　好きですか。

Ⅱ 下の文を正しい文に並べ替えなさい。_____ に数字を書きなさい。

① 今日のテスト　_____　_____　_____　_____、難しいですか。

　　1. は　　　2. か　　　3. です　　　4. 簡単

② 右の絵と左の絵は、_____　_____　_____　_____。

　　1. か　　　2. が　　　3. どこ　　　4. 違います

③ 日曜日　_____　_____　_____　_____、仕事ですか。

　　1. は　　　2. です　　　3. か　　　4. 休み

文法一點通

　　當主詞為「誰、どなた」等疑問詞時，後面接的助詞是「は」還是「が」呢？使用「は」的句子，重點會在後面敘述的訊息，但使用「が」的句子，重點就會在前面敘述的訊息。因為疑問詞是句子的重點，也就是針對「が」所提示的對象，可知這裡應該要用「が」才對。可以直接記住「疑問詞＋が」的用法，這樣就能迎刃而解了。

17 その他の助詞の使用（３） Track 17
／其他助詞的使用（３）

◆ [句子]＋か ／嗎、呢

→ 接續方法：｛句子｝＋か

【疑問句】────────────────

（1）あなたは今、おいくつですか。
今現在幾歲呢？

（2）台湾料理は好きですか。
喜歡吃台灣菜嗎？

（3）海を見たことがありますか。
曾經看過海嗎？

◆ [句子]＋ね ／1.…喔、…呀、…呢；2.…啊；3.…吧

→ 接續方法：｛句子｝＋ね

【認同】────────────────

（1）今日は寒いですね。
今天真是寒氣逼人呀！

【感嘆】────────────────

（1）ここのラーメン、おいしいですね。
這家店的拉麵真是讓人回味無窮啊！

單字及補充

┃幾つ（不確定的個數，年齡）幾個，多少；幾歲 ┃海 海，海洋 ┃寒い（天氣）寒冷 ┃一日（每月）一號，初一 ┃二日（每月）二號，二日；兩天；第二天 ┃三日（每月）三號；三天 ┃四日（每月）四號，四日；四天 ┃五日（每月）五號，五日；五 ┃六日（每月）六號，六日；六天 ┃七日（每月）七號；七日，七天 ┃八日（每月）八號，八日；八天 ┃九日（每月）九號，九日；九天 ┃十日（每月）十號，十日；十天 ┃二十日（每月）二十日；二十天 ┃日 號，日，天（計算日數）┃ヶ月 …個月 ┃もっと 更，再，進一步

【確認】

（1）3日後にまた来てください。今日は5日ですから、
　　8日ですね。

請於3天後再過來一趟。今天是5號，所以是8號來喔。

◆ **[句子]＋よ** ／ 1.…喲；2.…喔、…喲、…啊

→ 接續方法：{句子} ＋よ

【注意】

（1）あ、静かに、先生が来ましたよ。

啊，安靜！老師來了喔！

（2）もう8時ですよ。起きてください。

已經8點囉，快起床！

【肯定】

（1）「この店、おいしいね。」「あっちの店のほうがもっとおいしいよ。」

「這家店真好吃耶！」「那邊有一家更好吃的喔！」

練習

Ⅰ [a,b] の中から正しいものを選んで、○をつけなさい。

① 雨です （a. の　　b. ね）。傘を持っていますか。

② あのう、本が落ちました （a. から　　b. よ）。

③ この写真をよく見てください。これはあなたの自転車です （a. ね　　b. が）。

④ 彼女と温泉に行きたいです （a. か　　b. の）。

Ⅱ 下の文を正しい文に並べ替えなさい。_____ に数字を書きなさい。

① 今 _____ _____ _____ _____。

　　1. して　　2. 何を　　3. か　　4. います

② 健ちゃんは _____ _____ _____ _____。

　　1. 元気　　2. です　　3. ね　　4. いつも

18 接尾語の使用（1）

／接尾詞的使用（1）

◆ **じゅう** ／ 1. 全…、…期間；2.…內、整整

→ 接續方法：{名詞} ＋じゅう

【時間】────────────

（1）今日は1日中雨でした。
きょう　いちにちじゅうあめ
今天下了整天的雨。

（2）夏休み中に、N5の単語を全部覚えるつもりです。
なつやす　じゅう　エヌご　たんご　ぜんぶ お
我打算用整個暑假把N5的單字全部背起來。

【空間】────────────

（1）部屋中、暖かくなりました。
へ や じゅう　あたた
房間變得暖和起來了。

（2）この歌は世界中の人が知っています。
うた　せ かいじゅう ひと　し
這首歌舉世聞名。

◆ **ちゅう** ／…中、正在…、…期間

→ 接續方法：{動作性名詞} ＋ちゅう

【正在繼續】────────────

（1）私は今仕事中です。
わたし　いま し ごとちゅう
我現在正在工作。

單字及補充

| 中 整個，全；（表示整個期間或區域）期間　│ 午前 上午，午前　│ 昼 中午；白天，白晝；午飯
ごぜん　ひる

│ 買い物 購物，買東西；要買的東西　│ 歌 歌，歌曲　│ 仕事 工作；職業　│ 中 中央，中間，…期間，
か もの　うた　し ごと　ちゅう

正在…當中；在…之中　│ 子ども 自己的兒女；小孩，孩子，兒童　│ 大人 大人，成人　│ 旅行 旅行，
こ　おとな　りょこう

旅遊，遊歷　│ 撮る 拍照，拍攝　│ カメラ【camera】照相機；攝影機　│ 写真 照片，相片，攝影
と　しゃしん

│ フィルム【film】底片，膠片；影片；電影　│ 見る 看，觀看，察看；照料；參觀
み

(2) 子どもたちは今勉強中です。
孩子們正在用功讀書。

(3) これは旅行中にロンドンで撮った写真です。
這是我在倫敦旅行時拍的照片。

(4) 食事中に携帯電話を見ないでください。
吃飯時請不要滑手機。

練習

I [a,b] の中から正しいものを選んで、○をつけなさい。

① 今日 （a. じゅう　　b. ちゅう）　に返事をください。

② 勉強 （a. じゅう　　b. ちゅう）　は静かにしてください！

③ 課長は今、電話 （a. うち　　b. ちゅう）　です。

④ あの子は１日 （a. じゅう　　b. のなか）　、テレビを見ています。

⑤ 掃除は午前 （a. なか　　b. ちゅう）　に終わりました。

II 下の文を正しい文に並べ替えなさい。＿＿＿ に数字を書きなさい。

① この人は ＿＿＿ ＿＿＿ ＿＿＿ ＿＿＿ があります。

　　1. 人気　　2. 世界　　3. で　　4. 中

② ＿＿＿ ＿＿＿ ＿＿＿ ＿＿＿ をなくしました。

　　1. 携帯　　2. 中　　3. 旅行　　4. に

文法一點通

　　「じゅう」表時間，表示整個時間段、期間內的某一時間點，或整個區域、空間；「ちゅう」表正在繼續，表示動作或狀態正在持續中的整個過程，或動作持續過程中的某一點，但不能表示空間和區域。

19 接尾語の使用（2）

Track 19

／接尾詞的使用（2）

◆ ごろ　／左右

→ 接續方法：{名詞} ＋ごろ

【時間】────────────────────────

（1）7時ごろ晩ご飯を食べました。
　　在7點左右吃了晚餐。

（2）子どもたちは9時ごろに寝ます。
　　小朋友們大約9點上床睡覺。

（3）金さんは3月ごろにこの町に来ました。
　　金女士曾於3月份左右造訪過這座小鎮。

（4）2010年ごろ、私はカナダにいました。
　　2010年前後，我人在加拿大。

◆ すぎ、まえ　／1.過…；2.…多；3.差…；4.…前、未滿…

→ 接續方法：{時間名詞} ＋すぎ、まえ

【時間】────────────────────────

（1）母は10時過ぎに出かけました。
　　家母10點多時出門了。

（2）今9時15分過ぎです。
　　現在時間剛過9點15分。

單字及補充

| 昼ご飯 午餐 | 晩ご飯 晩餐 | 夕飯 晩飯 | 頃・頃（表示時間）左右，時候，時期；正好的時候
| 町 城鎮；町 | 過ぎ 超過…，過了…，過度 | 出掛ける 出去，出門，到…去；要出去 | 分・
分（時間）…分；（角度）分 | 働く 工作，勞動，做工 | 勤める 工作，任職；擔任（某職務）

42

【年齢】

(1) 父は 70 才過ぎでも働いています。
　　ちち　　ななじゅっ さい す　　　　はたら
　　家父年過 70 仍然在工作。

【時間】

(1) 1年前、会社に入りました。
　　いちねんまえ　　かいしゃ　　はい
　　我在 1 年前進了公司。

【年齢】

(1) 30 歳前に、結婚したいです。
　　さんじゅっ さいまえ　　けっこん
　　我想在 30 歳以前結婚。

練習

I [a,b] の中から正しいものを選んで、○をつけなさい。
　　なか　　ただ　　　　　えら

① 家から会社まで歩いて 20 分　(a. ぐらい　　b. ごろ)　です。
　　いえ　かいしゃ　　ある　　にじゅっ ぷん

② 彼は 1 週間　(a. さき　　b. まえ)　から日本にいます。
　　かれ　いっしゅうかん　　　　　　　　　　　　にほん

③ 2 年　(a. まで　　b. まえ)　に結婚しました。
　　に ねん　　　　　　　　　　　　　けっこん

④ この果物は、今　(a. ごろ　　b. しか)　が一番おいしいです。
　　くだもの　　いま　　　　　　　　　　　　　　いちばん

II 下の文を正しい文に並べ替えなさい。＿＿＿＿ に数字を書きなさい。
　　した　ぶん　ただ　　ぶん　なら　か　　　　　　　　　　すうじ　か

① この山は、毎年 ＿＿＿＿ ＿＿＿＿ ＿＿＿＿ ＿＿＿＿ きれいです。
　　やま　　まいとし

　　1. ごろ　　2. 一番　　3. が　　4. 今
　　　　　　　　　　いちばん　　　　　　いま

② 毎朝 ＿＿＿＿ ＿＿＿＿ ＿＿＿＿ ＿＿＿＿ を出ます。
　　まいあさ　　　　　　　　　　　　　　　　　　　　　で

　　1. 8 時　　2. 家　　3. に　　4. 過ぎ
　　　はち じ　　　いえ　　　　　　　す

文法一點通

　　「ごろ」及「ぐらい」同樣用來表示「大約」的時間，所以「一時、昼」這類的時間名詞，兩者都通用。不同的是「ぐらい」前可以接「時間長度」，而「ごろ」就不可以了。例如：可以說「5 時間ぐらい（約
　　　　　　　　　　　　　　　　　　　　　　　　　　　　　　　　　　　　　ご じ かん
5 小時）」、「10 年ぐらい（約 10 年）」但不能說「5 時間ごろ」、「10 年ごろ」。
　　　　じゅう ねん　　　　　　　　　　　　　　　　　　　ご じ かん　　じゅう ねん

20 接尾語の使用（３）

Track 20

／接尾詞的使用（３）

◆ たち、がた、かた ／…們

→ 接續方法：{名詞} ＋たち、がた、かた

【人的複數】

（1）子どもたちのために明るい社会を作りたい。
我想為孩子們營造一個光明美好的社會。

（2）学生たちはどの電車に乗りますか。
學生們要乘坐哪一輛電車呢？

（3）あなた方は私の友達です。
您們是我的朋友。

（4）あの方は田中さんです。医者です。
那位是田中小姐。是位醫生。

◆ かた ／…法、…樣子

→ 接續方法：{動詞ます形} ＋かた

【方法】

（1）ワインの作り方を教えています。
我在教授製作紅酒的方法。

單字及補充

┃達（表示人的複數）…們，…等 ┃方 位，人（「人」的敬稱） ┃方（前接人稱代名詞，表對複數的敬稱）們，各位 ┃貴方・貴女（對長輩或平輩尊稱）你，您；（妻子稱呼先生）老公 ┃自分 自己，本人，自身；我 ┃皆さん 大家，各位 ┃漢字 漢字 ┃言う 説，講；説話，講話 ┃悪い 不好，壞的；不對，錯誤 ┃良い・良い 好，佳，良好；可以 ┃駅（鐵路的）車站 ┃電車 電車 ┃着く 到，到達，抵達；寄到

(2) 漢字の読み方をひらがなで書きます。
用平假名寫下漢字的讀音。

(3) それは、あなたの言い方が悪いですよ。
那該怪你措辭失當喔！

(4) 駅までの行き方を地図に書いてあげました。
畫了前往車站的路線圖給他。

練習

Ⅰ [a,b] の中から正しいものを選んで、○をつけなさい。

① パンの作り　（a. がた　　b. かた）　を母に聞きます。

② 漢字の使い　（a. ほう　　b. かた）　がわかりません。

③ あの眼鏡の　（a. たち　　b. かた）　は山田さんです。

④ あの　（a. もの　　b. かた）　は大学の先生です。

⑤ 旅行中は、たくさんの　（a. かたがた　　b. どなた）　にお世話になりました。

Ⅱ 下の文を正しい文に並べ替えなさい。_____ に数字を書きなさい。

① この単語の　_____　_____　_____　_____　てください。

　　1. を　　2. 教え　　3. 方　　4. 読み

② _____　_____　_____　_____　学校の生徒です。

　　1. 私　　2. 日本語　　3. は　　4. たち

文法一點通

　　「たち」前接人物或人稱代名詞，表示人物的複數；但要表示「彼」的複數，就要用「彼＋ら」的形式。「ら」前接人物或人稱代名詞，也表示人或物的複數，但說法比較隨便。「ら」也可以前接物品或事物名詞，表示複數。

21 疑問詞の使用（1）

／疑問詞的使用（1）

◆ なに、なん ／什麼

→ 接續方法：なに、なん＋｛助詞｝

【問事物】————————————————————

(1) 彼は何を飲みましたか。
かれ　なに　の
他喝了什麼呢？

(2) 朝何時に家を出ましたか。
あさなんじ　いえ　で
你早上是幾點出門的呢？

(3)「何で行きますか。」「タクシーで行きましょう。」
なに　い　　　　　　　　　　　　い
「要用什麼方式前往？」「搭計程車去吧！」

◆ なぜ、どうして ／ 1.原因是…；2.為什麼

→ 接續方法：なぜ、どうして＋｛詢問的內容｝

【問理由】————————————————————

(1) 息子はなぜ食べなかったんですか。
むすこ　　　　た
兒子為什麼沒有吃呢？

(2) 台湾の果物はなぜ安いんですか。
タイワン　くだもの　　　　やす
為什麼台灣的水果會如此便宜呢？

(3) どうして喧嘩したのですか。
けんか
為什麼吵架了呢？

單字及補充

｜家 房子，房屋；（自己的）家；家庭 ｜果物 水果，鮮果 ｜何故 為何，為什麼 ｜どうして 為什麼，
いえ　　　　　　　　　　　　　　　くだもの　　　　　　　　なぜ
何故 ｜安い 便宜，（價錢）低廉 ｜高い（價錢）貴；（程度，數量，身材等）高，高的 ｜低い 低，
　　　　やす　　　　　　　　　　　たか　　　　　　　　　　　　　　　　　　　　　　　　　ひく
矮；卑微，低賤 ｜どなた 哪位，誰 ｜手紙 信，書信，函 ｜紙 紙 ｜封筒 信封，封套 ｜ポスト
　　　　　　　　　　　　　　　　てがみ　　　　　かみ　　ふうとう
【post】郵筒，信箱

◆ だれ、どなた ／1. 誰；2. 哪位…

→ 接續方法：だれ、どなた＋｛助詞｝

【問人】

(1) これは誰の机ですか。
これは　だれ　つくえ
這是誰的桌子？

(2) この手紙は誰が書きましたか。
て がみ　だれ　か
這封信是誰寫的？

(3) あなたはどなたですか。
請問您是哪位？

練習

Ⅰ [a,b] の中から正しいものを選んで、○をつけなさい。
なか　ただ　えら

① 昨日は　（a. なぜ　　b. いつ）　来なかったんですか。
きのう　　　　　　　　　　　　　　こ

② 去年の今日は　（a. なに　　b. どう）　をしましたか。
きょねん　きょう

③ （a. どちら　　b. どなた）　が来ましたか。
き

④ 1本　（a. なん　　b. なに）　円ですか。
いっぽん　　　　　　　　　　えん

Ⅱ 下の文を正しい文に並べ替えなさい。_____に数字を書きなさい。
した　ぶん　ただ　ぶん　なら　か　　　　　　　すうじ　か

① このワインは　_____　_____　_____　_____。

　1. が　　2. か　　3. あけました　　4. 誰
　　　　　　　　　　　　　　　　　　　　だれ

② どうして　_____　_____　_____　_____　いるのですか。

　1. 窓　　2. が　　3. この　　4. 開いて
　　まど　　　　　　　　　　　あ

文法一點通

　　除了「どなた」可以用在問「哪位」之外，「どちら」也可以用在問「人」。不同的是，「どなた」適用在明確地想詢問對方姓名。「どちら」問「人」時後面一般會加上「様」，表示委婉地詢問對方的所屬單位及姓名。另外，「どちら」也可以用在問「地點」上。

22 疑問詞の使用（2）

／疑問詞的使用（2）

◆ いつ ／何時、幾時

→ 接續方法：いつ＋｛疑問的表達方式｝

【問時間】

(1) 夏休みはいつからですか。
_{なつやす}
什麼時候開始放暑假？

(2) いつ食事しましょうか。
_{しょく じ}
幾時要去吃飯呢？

(3) 明日私達はいつ会いますか。
_{あした わたしたち} _あ
我們明天何時見面呢？

◆ いくつ ／1.幾個、多少；2.幾歲

→ 接續方法：｛名詞（＋助詞)｝＋いくつ

【問個數】

(1) 箱がいくついりますか。
_{はこ}
有幾個箱子呢？

(2) 新しい言葉をいくつ覚えましたか。
_{あたら} _{こと ば} _{おぼ}
已經背下幾個生詞了呢？

單字及補充

| 夏休み 暑假　| 箱 盒子，箱子，匣子　| 言葉 語言，詞語　| 御・御 您（的）…，貴…;放在字首，
_{なつやす} 　　　　_{はこ} 　　　　　　　_{ことば} 　　　　　　　_{お おん}
表示尊敬語及美化語　| タクシー【taxi】計程車　| 重い（份量）重，沉重　| 軽い 輕的，輕快的；
　　　　　　　　　　　　　　　　　　　　　　　　_{おも} 　　　　　　　　_{かる}
（程度）輕微的；輕鬆的　| 厚い 厚；（感情，友情）深厚，優厚　| 薄い 薄；淡，淺；待人冷淡；稀少
　　　　　　　　　　　　_{あつ} 　　　　　　　　　　　　　　　　_{うす}
| 近い（距離，時間）近，接近，靠近　| 遠い（距離）遠；（關係）遠，疏遠；（時間間隔）久遠
_{ちか} 　　　　　　　　　　　　　　　_{とお}

【問年齢】

(1)「お母様はおいくつですか。」「母はもう９０です。」

「請問令堂貴庚呢？」「家母已經高齡 90 了。」

◆ いくら ／（價格、數量）多少

→ 接續方法：{名詞（＋助詞）} ＋いくら

【問價格】

(1)「いくらですか。」「1200 円になります。」

「多少錢呢？」「1200 圓。」

(2) 空港までタクシーでいくらかかりますか。

請問搭計程車到機場的車資是多少呢？

【問數量】

(1) 荷物の重さはいくらありますか。

行李的重量是多少呢？

練習

I [a,b] の中から正しいものを選んで、○をつけなさい。

① 「パンは （a. いくつ　　b. いくら） 食べますか。」「三つください。」

② あなたの誕生日は （a. いつ　　b. いくつ） ですか。

③ その車は （a. いつも　　b. いくら） ですか。

④ 学校は （a. いくら　　b. いつ） まで休みですか。

II 下の文を正しい文に並べ替えなさい。 _____ に数字を書きなさい。

① 北海道 _____ _____ _____ _____ かかりますか。

　　1. いくら　　2. まで　　3. は　　4. 時間

② あなたのお姉さん _____ _____ _____ _____ ですか。

　　1. 今　　2. は　　3. お　　4. いくつ

23 疑問詞の使用（３）

／疑問詞的使用（３）

◆ どう、いかが ／ 1. 怎樣；2. 如何

→ 接續方法：{名詞} ＋はどう（いかが）ですか

【問狀況】————————————————

(1) 明日の午後２時はどうですか。
　　明天下午２點如何？

(2) 映画はどうでしたか。
　　電影好看嗎？

【勧誘】————————————————

(1) 食事の後にコーヒーはいかがですか。
　　飯後要來杯咖啡嗎？

◆ どんな ／什麼樣的

→ 接續方法：どんな＋ {名詞}

【問事物內容】————————————————

(1) どんな人が好きですか。
　　你喜歡什麼樣的人？

(2) 彼女はどんな人ですか。
　　她是個怎麼樣的人呢？

(3) 今年どんな１年にしたいですか。
　　今年想過出怎麼樣的一年呢？

單字及補充

| 今日 今天 | 明日 明天 | 明後日 後天 | どう 怎麼，如何 | 如何 如何，怎麼樣 | 映画
電影 | 映画館 電影院 | 人 人，人類 | 今年 今年 | 一月 一個月 | 時（某個）時候 | 位・位
（數量或程度上的推測）大概，左右，上下

◆ どのぐらい、どれぐらい　／多（久）…

→ 接続方法：どのぐらい、どれぐらい＋ ｛詢問的內容｝

【問多久】

（1）ここから駅までどのぐらいありますか。
えき
従這裡到車站有多遠呢？

（2）春休みはどのぐらいありますか。
はるやす
春假有多久呢？

（3）日本語はどれぐらいできますか。
に ほん ご
請問您的日語大約是什麼程度呢？

練習

Ⅰ [a,b] の中から正しいものを選んで、○をつけなさい。
なか ただ えら

① この国は　（a. どのような　　b. どのぐらい）　いるつもりですか。
くに

② あなたは　（a. どちら　　b. どんな）　仕事がしたいですか。
しごと

③ 中国旅行は　（a. いかが　　b. どの）　ですか。
ちゅうごくりょこう

④ 「ごきげん　（a. いくつ　　b. いかが）　ですか。」「おかげさまで。」

Ⅱ 下の文を正しい文に並べ替えなさい。＿＿＿＿に数字を書きなさい。
した ぶん ただ ぶん なら か すうじ か

① 女の子 ＿＿＿ ＿＿＿ ＿＿＿ ＿＿＿ 着ていましたか。
おんな こ き

　　1. どんな　　2. 服　　3. は　　4. を
　　　　　　　　 ふく

② ＿＿＿ ＿＿＿ ＿＿＿ ＿＿＿ か。

　　1. テスト　　2. どれぐらい　　3. できます　　4. は

文法一點通

　　有時在題目中看到「どのような」也別緊張，其實它就是「どんな」更禮貌一點的說法啦！跟它長得很像的還有「どのぐらい」，表示「多久、多少、多少錢、多長、多遠」等意思。

---

24 疑問詞の使用（４）
／疑問詞的使用（４）

◆ なにか、だれか、どこか ／1.某些、什麼；2.某人；3.去某地方

→ 接續方法：なにか、だれか、どこか＋｛不確定事物｝

【不確定】────────────────

（1）木の後ろに何かいます。
　　 有什麼在樹的後面。

【不確定是誰】────────────────

（1）すみません。誰か教えてもらえませんか。
　　 不好意思，有沒有人可以告訴我呢？

【不確定是何處】────────────────

（1）携帯電話をどこかに置いてきてしまいました。
　　 忘記把手機放到哪裡去了。

◆ なにも、だれも、どこへも ／也（不）…、都（不）…

→ 接續方法：なにも、だれも、どこへも＋｛否定表達方式｝

【全面否定】────────────────

（1）今朝から何も食べませんでした。
　　 今天從早上就什麼也沒吃。

（2）この男のことは何も知りません。
　　 關於那個男人的事我一概不知。

單字及補充

┃木 樹，樹木；木材 ┃すみません（道歉用語）對不起，抱歉；謝謝 ┃御免なさい 對不起 ┃御免
ください 有人在嗎 ┃失礼します 告辭，再見，對不起；不好意思，打擾了 ┃失礼しました 請原
諒，失禮了 ┃誰 誰，哪位 ┃誰か 某人；有人 ┃置く 放，放置；放下，留下，丟下 ┃今朝 今天
早上 ┃毎朝 每天早上 ┃男 男性，男子，男人 ┃女 女人，女性，婦女 ┃教室 教室；研究室

(3) 昨日は誰も来ませんでした。
きのう　だれ　き
昨天沒有任何人來。

◆ [疑問詞] ＋も＋ [否定]　／ 1. 也（不）…；2. 無論…都…

→ 接續方法：{疑問詞} ＋も＋～ません

【全面否定】────────────────────

(1) 教室の中に誰もいません。
きょうしつ　なか　だれ
教室裡空無一人。

(2) そのこと、私は何も知りません。
わたし　なに　し
那件事我一無所知。

【全面肯定】────────────────────

(1) この店の料理はどれもおいしいです。
みせ　りょうり
這家店的每道料理都美味可口。

練習 ────────────────────────

Ⅰ [a,b] の中から正しいものを選んで、○をつけなさい。
なか　ただ　　　えら

① のどが渇きましたね。　（a. どこか　　b. なにか）　飲みましょうか。
かわ　　　　　　　　　　　　　　　　　　　　　　の

② 私は日曜日には　（a. どこへも　　b. どこか）　行きませんでした。
わたし　にちようび　　　　　　　　　　　　　　　　い

③ お金と時間、どちら　（a. も　　b. へも）　ほしいです。
かね　じかん

④ 日曜日なので、どこ　（a. に　　b. も）　人でいっぱいです。
にちようび　　　　　　　　　　　　　　　　ひと

Ⅱ 下の文を正しい文に並べ替えなさい。＿＿＿＿に数字を書きなさい。
した　ぶん　ただ　ぶん　なら　か　　　　　　　　すうじ　か

① あの人　＿＿＿　＿＿＿　＿＿＿　＿＿＿　があります。
ひと

　　1. と　　2. こと　　3. 会った　　4. どこかで
　　　　　　　　　　　　あ

② ＿＿＿　＿＿＿　＿＿＿　＿＿＿　でした。

　　1. いません　　2. に　　3. 家　　4. 誰も
　　　　　　　　　　　　　いえ　　だれ

53

25 指示詞の使用（1）

◆ これ、それ、あれ、どれ ／ 1.這個；2.那個；3.那個；4.哪個

【事物－近稱】────────────

（1）これは何という野菜ですか。
　　　　　なん　　　やさい
　　　這種蔬菜的名稱叫什麼呢？

【事物－中稱】────────────

（1）英語の本はそれです。
　　　えいご　ほん
　　　英文書是那一本。

【事物－遠稱】────────────

（1）「あれは八百屋ですか。」「いいえ、あれはコンビニですよ。」
　　　　　　やおや
　　　「那家是菜販嗎？」「不是，那是便利商店喔！」

【事物－不定稱】────────────

（1）どれが一番安いですか。
　　　　　　いちばんやす
　　　哪一個最便宜呢？

◆ この、その、あの、どの ／ 1.這…；2.那…；3.那…；4.哪…

→ 接續方法：この、その、あの、どの＋｛名詞｝

【連體詞－近稱】────────────

（1）この喫茶店で食べましょうか。
　　　　きっさてん　た
　　　在這家咖啡廳用餐吧？

單字及補充

| 野菜 蔬菜，青菜 | 英語 英語，英文 | 難しい 難，困難，難辦；麻煩，複雜 | 易しい 簡單，
やさい　　　　　　えいご　　　　　　　むずか
容易，易懂 | 意味 （詞句等）意思，含意，意義 | 忘れる 忘記，忘掉；忘懷，忘卻；遺忘
　　　　　　いみ　　　　　　　　　　　　　　わす
| 八百屋 蔬果店，菜舖 | いいえ （用於否定）不是，不對，沒有 | 一番 最初，第一；最好，最優秀
やおや　　　　　　　　　　　　　　　　　　　　　　　　　　　　　　　いちばん
| 喫茶店 咖啡店 | 頼む 請求，要求；委託，託付；依靠 | 所 （所在的）地方，地點 | 大使館
きっさてん　　　たの　　　　　　　　　　　　　　　　　ところ　　　　　　　　　　　たいしかん
大使館 | 近く 附近，近旁；（時間上）近期，即將 | 辺 附近，一帶；程度，大致
　　　　　ちか　　　　　　　　　　　　　　　　　へん

【連體詞－中稱】

（1）その椅子に座っている人は誰ですか。
いす すわ ひと だれ

坐在那張椅子上的人是誰呢？

【連體詞－遠稱】

（1）あの果物は何ですか。
くだもの なん

那是什麼水果呢？

【連體詞－不定稱】

（1）どのネクタイにしますか。

您想要哪一條領帶呢？

練習

I [a,b] の中から正しいものを選んで、○をつけなさい。
なか ただ えら

① 「 （a. あの　　b. あちら）　きれいな女の人は誰ですか。」「中山さんです。」
おんな ひと だれ　　　　　　　なかやま

② （a. どれ　　b. これ）　は自転車の鍵です。
じてんしゃ かぎ

③ （a. これ　　b. この）　はあなたの本ですか。
ほん

④ （a. そこ　　b. それ）　は日本の車です。
にほん くるま

⑤ （a. どれ　　b. どの）　席がいいですか。
せき

II 下の文を正しい文に並べ替えなさい。_____に数字を書きなさい。
した ぶん ただ ぶん なら か　　　　　　　すうじ か

① _____ _____ _____ _____ 甘いです。
あま

　1. ケーキ　　2. は　　3. この　　4. とても

② _____ _____ _____ _____ 本です。
ほん

　1. は　　2. の　　3. 木村さん　　4. それ
きむら

文法一點通

「これ、それ、あれ、どれ」表事物，用來代替說話人想指的某個事物；「この、その、あの、どの」表連體詞，是指示連體詞，兩者最大的差異在於「この、その、あの、どの」後面一定要接名詞，才能代替提到的人事物喔！

26 指示詞の使用（2）

／指示詞的使用（2）

◆ ここ、そこ、あそこ、どこ ／1.這裡；2.那裡；3.那裡；4.哪裡

【場所－近稱】

（1）ここは姉と妹の部屋です。
あね　いもうと　へや
這裡是姊姊和妹妹的房間。

【場所－中稱】

（1）ちょっとそこに座ってください。
すわ
請在那裡坐一會兒。

【場所－遠稱】

（1）あそこに猫がいます。
ねこ
有貓在那裡。

【場所－不定稱】

（1）お巡りさん、駅はどこですか。
まわ　　えき
警察先生，請問車站在哪裡呢？

◆ こちら、そちら、あちら、どちら ／1.這邊、這位；2.那邊、那位；3.那邊、那位；4.哪邊、哪位

【方向－近稱】

（1）こちらは大学の友達です。
だいがく　ともだち
這位是我大學的朋友。

單字及補充

｜お巡りさん（俗稱）警察，巡警 ｜警官 警官，警察 ｜ゼロ【zero】（數）零；沒有 ｜零（數）零；
けいかん
沒有 ｜一つ（數）一；一個；一歲 ｜二つ（數）二；兩個；兩歲 ｜三つ（數）三；三個；三歲 ｜四つ（數）
ひと　　　　　　　　　　　　ふた　　　　　　　　　　　　みっ　　　　　　　　　　　　よっ
四個；四歲 ｜五つ（數）五個；五歲；第五（個）｜六つ（數）六；六個；六歲 ｜七つ（數）七個；七歲
いつ　　　　　　　　　　　　　　　　むっ　　　　　　　　　　　　なな
｜八つ（數）八；八個；八歲 ｜九つ（數）九個；九歲 ｜十（數）十；十個；十歲 ｜二十歲 二十歲
やっ　　　　　　　　　　ここの　　　　　　　　　　　とお　　　　　　　　　　　はたち
｜ボタン【（葡）botão・（英）button】釦子，鈕釦；按鍵 ｜押す 推，擠；壓，按；蓋章
お

【方向－中稱】

(1) そちらはどんな天気ですか。
你那邊天氣如何？

【方向－遠稱】

(1) 公園はあちらです。
公園在那邊。

【方向－不定稱】

(1) 黒いボタンは二つありますが、どちらを押しますか。
有兩顆黑色的按鈕，要按哪邊的？

練習

Ⅰ [a,b] の中から正しいものを選んで、○をつけなさい。

① 大使館は　（a. どれ　　b. どこ）　にありますか。

② 赤いのと白いのがありますが、（a. どちら　　b. どの）　にしますか。

③ （a. どちら　　b. ここ）　は駅の入り口です。

④ （a. こちら　　b. そちら）　は今何時ですか。

⑤ 失礼ですが、お国は　（a. どちら　　b. どう）　ですか。

Ⅱ 下の文を正しい文に並べ替えなさい。＿＿＿＿ に数字を書きなさい。

① 男の子と　＿＿＿　＿＿＿　＿＿＿　＿＿＿　ですか。

　　1. ほしい　　2. 女の子　　3. が　　4. どちら

② ＿＿＿　＿＿＿　＿＿＿　＿＿＿　お座りください。

　　1. の　　2. に　　3. そちら　　4. 椅子

文法一點通

　　「こちら、そちら、あちら、どちら」是方向指示代詞。也可以用來指人，指第三人稱的「這位」等；「この方、その方、あの方、どの方」是尊敬語，指示特定的人物。也是指第三人稱的人。但「こちら」可以指「我，我們」，「この方」就沒有這個意思。「こちら」等可以接「さま」,「この方」等就不可以。

27 形容詞の表現（1）

Track 27

◆ 形容詞（現在肯定／現在否定）

【現在肯定】

（1）この部屋は明るいです。
へ や あか
這間房間通透明亮。

【現在否定】

（1）このコーヒーは温かくないです。
あたた
這杯咖啡不熱。

【未來】

（1）来週は暑くなるでしょう。
らいしゅう あつ
看來下週將會變得炎熱。

◆ 形容詞（過去肯定／過去否定）

【過去肯定】

（1）駅は人が多かったです。
えき ひと おお
當時車站裡滿滿的人潮。

【過去否定】

（1）今年の冬は寒くありませんでした。
こ とし ふゆ さむ
今年冬天並不是特別寒冷。

單字及補充

┃暑い（天氣）熱，炎熱 ┃涼しい 涼爽，涼爽 ┃多い 多，多的 ┃大勢 很多人，眾多人；人數
あつ　　　　　　　　　　　すず　　　　　　　　　　　おお　　　　　　　　　おおぜい
很多 ┃少ない 少，不多 ┃少し 一下子；少量，稍微，一點 ┃無い 沒，沒有；無，不在 ┃足
　　　　すく　　　　　　　　すこ　　　　　　　　　　　　　　　　な　　　　　　　　　　　　　　あし
腳；（器物的）腿 ┃手 手，手掌；胳膊 ┃頭 頭；頭髮；（物體的上部）頂端 ┃顔 臉，面孔；面子，
　　　　　　　　て　　　　　　　　あたま　　　　　　　　　　　　　　　　　　かお
顏面 ┃長い（時間、距離）長，長久，長遠 ┃短い（時間）短少；（距離，長度等）短，近 ┃太い
　　　　なが　　　　　　　　　　　　　　　　みじか　　　　　　　　　　　　　　　　　　　　ふと
粗，肥胖 ┃丸い・円い 圓形，球形 ┃細い 細，細小；狹窄 ┃汚い 骯髒；（看上去）雜亂無章，
　　　　まる　　まる　　　　　　　　ほそ　　　　　　　　　きたな
亂七八糟 ┃並ぶ 並排，並列，列隊 ┃並べる 排列；並排；陳列；擺，擺放
　　　　　なら　　　　　　　　　　　なら

（2）庭が広くなかったです。
　　にわ　　ひろ
　　庭院原本並不寬敞。

◆ 形容詞く＋て　　／ 1. …然後；2. 又…又…；3. 因為…

→ 接續方法：{形容詞詞幹}＋く＋て

【停頓】————————————————————

（1）彼女は美しくて、足が長いです。
　　かのじょ　うつく　　　　あし　　なが
　　她出落得婷婷玉立，還有一雙長腿。

【並列】————————————————————

（1）あなたの字は小さくて汚いです。
　　　　　　じ　　ちい　　　きたな
　　你的字又小又難看。

【原因】————————————————————

（1）暑くて、気分が悪いです。
　　あつ　　　き ぶん　わる
　　太熱了，身體不舒服。

練習 ————————————————————————

I [a,b] の中から正しいものを選んで、○をつけなさい。
　　　　なか　　ただ　　　　えら

① ここは緑が　（a. 多くて　　b. 多かった）　広いです。
　　　　みどり　　　おお　　　　　おお　　　　　ひろ

② 去年の冬は雪が　（a. 多かった　　b. 多い）　です。
　　きょねん ふゆ ゆき　　　おお　　　　　おお

③ 登った山は　（a. 高だった　　b. 高くなかった）　です。
　　のぼ　　やま　　　たか　　　　　たか

④ 今のテレビは　（a. 面白く　　b. 面白いでは）　ありません。
　　いま　　　　　　おもしろ　　　おもしろ

II 下の文を正しい文に並べ替えなさい。＿＿＿＿ に数字を書きなさい。
　　した ぶん ただ ぶん なら か　　　　　　　　すうじ か

① ＿＿＿ ＿＿＿ ＿＿＿ ＿＿＿ です。

　　1. とっても　　2. パーティー　　3. 楽しかった　　4. は
　　　　　　　　　　　　　　　　　　　　　たの

② この店は　＿＿＿、＿＿＿ ＿＿＿ ＿＿＿ です。
　　　みせ

　　1. おいしくて　　2. が　　3. 人　　4. 多い
　　　　　　　　　　　　　　　ひと　　おお

59

28 形容詞の表現（２）
／形容詞的表現（２）

◆ 形容詞く＋動詞

→ 接續方法：｛形容詞詞幹｝＋く＋｛動詞｝

【修飾動詞】

(1) 今日早く出かけます。
きょう はや で
今天提前出門。

(2) ここを強く押します。
つよ お
請用力按下這裡。

(3) 誰が一番早く来ましたか。
だれ いちばんはや き
最早來的是誰？

◆ 形容詞＋名詞　／1. …的…；2.「這…（この）」等（連體詞）

→ 接續方法：｛形容詞基本形｝＋｛名詞｝

【修飾名詞】

(1) もっと広い部屋に住みたいです。
ひろ へや す
我想住在更寬敞的房間。

(2) 熱いお風呂に入ります。
あつ ふろ はい
我要去洗個熱呼呼的熱水澡。

單字及補充

｜早い（時間等）快，早；（動作等）迅速　｜強い 強悍，有力；強壯，結實；擅長的　｜弱い 弱的；
はや   つよ   よわ
不擅長　｜住む 住，居住；（動物）棲息，生存　｜食堂 食堂，餐廳，飯館　｜頂きます（吃飯前的
す   しょくどう   いただ
客套話）我就不客氣了　｜御馳走様でした 多謝您的款待，我已經吃飽了　｜いらっしゃい（ませ）
ご ち そうさま
歡迎光臨　｜甘い 甜的；甜蜜的　｜辛い・鹹い 辣，辛辣；鹹的；嚴格　｜もう 另外，再　｜白い
あま   から から   しろ
白色的；空白；乾淨，潔白　｜黒い 黑色的；褐色；骯髒；黑暗　｜黄色い 黃色，黃色的　｜茶色
くろ   き いろ   ちゃいろ
茶色　｜緑 綠色　｜赤い 紅的
みどり   あか

60

【連體詞修飾名詞】

(1) この食堂は新しいですね。
這家餐廳是新開的吧。

◆ 形容詞＋の　／…的

→ 接續方法：{形容詞基本形}＋の

【修飾の】

(1) もう少し大きいのはありますか。
請問有稍微大一點的嗎？

(2)「この白いのは何ですか。」「砂糖です。」
「這白白的是什麼？」「砂糖。」

(3) かばんはあの黄色いのがいいです。
我包包要那個黃色的。

練習

I [a,b] の中から正しいものを選んで、○をつけなさい。

① 声を　（a. 小さな　　b. 小さく）　話してください。

② （a. 小さな　　b. 小さくて）　犬が好きです。

③ （a. 新しいの　　b. 新しい）　友達ができました。

④ もっと　（a. 安い　　b. 安く）　のはありますか。

II 下の文を正しい文に並べ替えなさい。_____ に数字を書きなさい。

① コーヒー　_____　_____　_____　_____　ください。

　　1. の　　2. 冷たい　　3. を　　4. は

② _____　_____　_____　_____　ください。

　　1. 少し　　2. 大きく　　3. もう　　4. 書いて

29 形容動詞の表現（１）

／形容動詞的表現（１）

◆ 形容動詞（現在肯定／現在否定）

【現在肯定】

（1）今晩は月がきれいです。
こんばん　　つき
今夜的月色美麗迷人。

【疑問】

（1）先生は親切ですか。
せんせい　　しんせつ
老師是個親切的人嗎？

【現在否定】

（1）この学校は有名ではありません。
がっこう　　ゆうめい
這所學校不是很知名。

【未來】

（1）ここは夜になると、静かです。
よる　　　　　しず
這裡到了夜晚便悄然無聲。

◆ 形容動詞（過去肯定／過去否定）

【過去肯定】

（1）若いときの祖母はとてもきれいでした。
わか　　　　　そぼ
祖母年輕時非常美麗。

單字及補充

| 今晩 今天晚上，今夜 | 毎晩 每天晚上 | 夜 晚上，夜裡 | 晩 晚，晚上 | 夕べ 昨天晚上，昨
こんばん　　　　　　　　　まいばん　　　　　　　　よる　　　　　　　　ばん　　　　　　　　ゆう
夜；傍晚　| 夕方 傍晚 | 綺麗 漂亮，好看；整潔，乾淨 | 有名 有名，聞名，著名 | 静か 靜止；
ゆうがた　　きれい　　　　　　　　　　　　　　ゆうめい　　　　　　　　　しず
平靜，沈穩；慢慢，輕輕 | 若い 年輕；年紀小；有朝氣 | とても 很，非常；（下接否定）無論如何
わか
也… | 大変 很，非常，太；不得了 | 本当 真正 | 何時も 經常，隨時，無論何時 | 時々 有時，
たいへん　　　　　　　　　　　　ほんとう　　　　いつ　　　　　　　　　　　　　　　ときどき
偶爾　| 賑やか 熱鬧，繁華；有說有笑，鬧哄哄
にぎ

【過去否定】

（1）子どものころ、この駅は便利ではありませんでした。
小時，這座車站的交通並不方便。

（2）村の生活は、便利ではなかったです。
當時村子裡的生活並不方便。

◆ 形容動詞で　／ 1.…然後；2. 又…又…；3. 因為…

→ 接續方法：{形容動詞詞幹} ＋で

【停頓】

（1）あなたの家はいつもにぎやかで、いいですね。
你家總是熱熱鬧鬧的，好羨慕喔！

【並列】

（1）彼女は元気で明るい人です。
她是個充滿活力且性格開朗的人。

【原因】

（1）日曜日は暇で、部屋を掃除しました。
星期日很閒，於是就來打掃房間。

練習

I [a,b] の中から正しいものを選んで、○をつけなさい。

① この靴は （a. 丈夫で　　b. 丈夫に）　安いです。

② 小さい頃、この家は （a. 立派です　　b. 立派でした）　。

③ あの時、リンさんは日本語が（a. 上手はなかったです　　b. 上手ではありませんでした）　。

④ ここは （a. 賑やかなので　　b. 賑やかで）　、駅に近い。

II 下の文を正しい文に並べ替えなさい。_____ に数字を書きなさい。

① わたし _____ _____ _____ _____ ではなかった。

　　1. 体　　2. 丈夫　　3. は　　4. が

② 子どもの _____ _____ _____ _____ ではありませんでした。

　　1. とき　　2. 野菜　　3. 好き　　4. が

63

30 形容動詞の表現（２）

／形容動詞的表現（２）

◆ 形容動詞に＋動詞　／…得

→ 接續方法：｛形容動詞詞幹｝＋に＋｛動詞｝

【修飾動詞】

(1) ケーキを上手に作りました。
　　　　　じょうず　　つく
烤出了一顆出色的蛋糕。

(2) 生徒たちは静かに勉強しています。
　　せいと　　　しず　　べんきょう
學生們正在安靜地讀書。

(3) 桜がきれいに咲きました。
　　さくら　　　　さ
那時櫻花開得美不勝收。

◆ 形容動詞な＋名詞　／…的…

→ 接續方法：｛形容動詞詞幹｝＋な＋｛名詞｝

【修飾名詞】

(1) 素敵な帽子ですね。どこで買ったんですか。
　　すてき　ぼうし　　　　　　　か
好漂亮的帽子呀！在哪裡買的呢？

(2) 今は簡単な料理が多いです。
　　いま　かんたん　りょうり　おお
現在大多是些簡單的菜色。

(3) いろいろな国へ行きたいです。
　　　　　　くに　い
我的願望是周遊列國。

單字及補充

| 生徒（中學，高中）學生　| 学生 學生（主要指大專院校的學生）　| クラス【class】（學校的）班級；
せいと　　　　　　　　　　がくせい
階級，等級　| 作文 作文　| 問題 問題；（需要研究，處理，討論的）事項　| 勉強 努力學習，唸書
　　　　　　さくぶん　　　　もんだい　　　　　　　　　　　　　　　　　　　　べんきょう
| 咲く 開（花）　| 入れる 放入，裝進；送進，收容；計算進去　| 切る 切，剪，裁剪；切傷　| 差す
さ　　　　　　い　　　　　　　　　　　　　　　　　　　　　　き　　　　　　　　　　　　　　　さ
撐（傘等）；插　| 取る 拿取，執，握；採取，摘；（用手）操控　| 色々 各種各樣，各式各樣，形形色色
　　　　　　　と　　　　　　　　　　　　　　　　　　　　いろいろ
| 色 顏色，彩色　| 国 國家；國土；故鄉　| 丈夫（身體）健壯，健康；堅固，結實　| 大丈夫 牢固，
いろ　　　　　　　くに　　　　　　　じょうぶ　　　　　　　　　　　　　　　　　だいじょうぶ
可靠；放心，沒問題，沒關係

◆ 形容動詞な＋の ／…的

→ 接續方法：｛形容動詞詞幹｝＋な＋の

【修飾の】────────────

(1) もっと便利なのはありますか。
有更方便的選項嗎？

(2) 一番丈夫なのをください。
請給我最耐用的那種。

(3) きれいなのが好きです。
喜歡漂亮的。

練習

I [a,b] の中から正しいものを選んで、○をつけなさい。

① どうぞ、あなたの （a. 好きな　　b. 好きなの） を取ってください。

② 母はお金を （a. 大切に　　b. 大切で） 使っています。

③ 息子は （a. 立派の　　b. 立派な） 大人になりました。

④ 鈴木さんは茶碗やコップを （a. きれい　　b. きれいに） 洗いました。

II 下の文を正しい文に並べ替えなさい。_____ に数字を書きなさい。

① この中で、_____ _____ _____ _____ 誰ですか。

　　1. きれいな　　2. 一番　　3. は　　4. の

② _____ _____ _____ _____、なくさないでください。

　　1. です　　2. から　　3. 大切な　　4. 紙

文法一點通

　　要修飾後面的動詞時，把形容動詞詞尾「だ」改成「に」，以「形容動詞に＋動詞」的形式，表示狀態。若是形容詞的話，詞尾要從「い」改成「く」，以「形容詞く＋動詞」的形式，也表示狀態。

31 動詞の表現（１）
／動詞的表現（１）

◆ 動詞（現在肯定／現在否定）　／1.（要）…；2.沒…、不…；3.將要…

【現在肯定】

（1）右に曲がります。
　　　みぎ　　ま
　　　右轉。

【現在否定】

（1）お酒は飲みません。
　　　さけ　　の
　　　我不喝酒。

【未來】

（1）来年アメリカに行く。
　　　らいねん　　　　い
　　　明年要去美國。

◆ 動詞（過去肯定／過去否定）　／1.…了；2.（過去）不…

【過去肯定】

（1）本を読みました。
　　　ほん　よ
　　　讀了書。

【過去否定】

（1）日曜日はどこへも行きませんでした。
　　　にちようび　　　　　　い
　　　星期天哪裡也沒去。

（2）昨日は宿題をしませんでした。
　　　きのう　しゅくだい
　　　我昨天沒寫作業。

單字及補充

| 右 右，右側，右邊，右方 | 左 左，左邊；左手 | 上（位置）上面，上部 | 下（位置的）下，
下面，底下；年紀小 | 中 裡面，內部；其中 | 外 外面，外邊；戶外 | 曲がる 彎曲；拐彎
| 真っ直ぐ 筆直，不彎曲；一直，直接 | 飲む 喝，吞，嚥，吃（藥） | 宿題 作業，家庭作業
| トイレ【toilet】廁所，洗手間，盥洗室 | 入る 進，進入；裝入，放入 | 出る 出來，出去；離開

◆ 動詞（基本形）

→ 接續方法：{動詞詞幹} ＋動詞詞尾（如：る、く、む、す）

【辭書形】

(1) 家を出る。
　　<small>いえ　で</small>
　　離開家。

(2) シャワーを浴びる。
　　　　　　　<small>あ</small>
　　淋浴。

(3) トイレに入る。
　　　　　　<small>はい</small>
　　進入廁所。

練習

I [a,b] の中から正しいものを選んで、○をつけなさい。
　　<small>なか　　ただ　　　　　　　えら</small>

① かばんを　（a. 買います　　b. 買いになります）　。
　　　　　　　　　<small>か</small>　　　　　　<small>か</small>

② 荷物はどうしても　（a. 見つかりました　　b. 見つかりませんでした）　。
　<small>に もつ</small>　　　　　　　　　　<small>み</small>　　　　　　　　　　<small>み</small>

③ 息子と公園で　（a. 遊ぶ　　b. 遊んだ）　ときに使う玩具を買いました。
　<small>むす こ　こうえん</small>　　　<small>あそ</small>　　　<small>あそ</small>　　　　　　<small>つか　おもちゃ　か</small>

④ 昨日は映画を　（a. 見たです　　b. 見ました）　。
　<small>きのう　えいが</small>　　　　<small>み</small>　　　　　　　<small>み</small>

II 下の文を正しい文に並べ替えなさい。_____ に数字を書きなさい。
　<small>した　ぶん　ただ　　ぶん　なら　か</small>　　　　　　　　　<small>すうじ　か</small>

① ３年後 _____ _____ _____ _____。
　<small>さんねん ご</small>
　　1. を　　2. 大学　　3. に　　4. 卒業する
　　　　　　　　<small>だいがく</small>　　　　　　<small>そつぎょう</small>

② あの店 _____ _____ _____、_____。
　　<small>みせ</small>
　　1. 高い　　2. は　　3. 行きません　　4. から
　　　<small>たか</small>　　　　　　　　<small>い</small>

文法一點通

　　「動詞基本形」也叫「辭書形」等，是比較隨便的說法，一般用在關係跟自己比較親近的人之間。相對地，動詞敬體「動詞～ます」叫ます形，說法尊敬，一般用在對長輩及陌生人之間，又叫「禮貌體」等。

32 動詞の表現（2）
／動詞的表現（2）

◆ 動詞＋名詞 ／…的…

→ 接續方法：{動詞普通形} ＋ {名詞}

【修飾名詞】────────────────

(1) 晴れた日は、富士山が見えます。
は ひ ふ じ さん み
在天氣晴朗的日子能看到富士山。

(2) わからないことは聞いてください。
き
有不懂的地方請發問。

(3) 借りた金を返します。
か かね かえ
歸還借款。

◆ が＋自動詞

→ 接續方法：{名詞} ＋が＋ {自動詞}

【無意圖的動作】────────────────

(1) 窓が開きます。
まど あ
窗戶打開。

(2) 仕事が終わります。
し ごと お
工作告終。

(3) 雪が降ります。
ゆき ふ
下雪。

單字及補充 ────────────────────

┃借りる 借進（錢、東西等）；借助 ┃貸す 借出，借給；出租；提供幫助（智慧與力量） ┃開く 開，
打開；開始，開業 ┃開ける 打開，開（著）；開業 ┃終わる 完畢，結束，終了 ┃始まる 開始，
開頭；發生 ┃始める 開始，創始 ┃雪 雪 ┃降る 落，下，降（雨，雪，霜等） ┃靴 鞋子
┃靴下 襪子 ┃スリッパ【slipper】室內拖鞋 ┃履く・穿く 穿（鞋，襪；褲子等） ┃ドア【door】
（大多指西式前後推開的）門；（任何出入口的）門 ┃門 門，大門 ┃戸（大多指左右拉開的）門；大門

◆ を＋他動詞

→ 接續方法：{名詞} ＋を＋ {他動詞}

【有意圖的動作】────────────────────

(1) 靴を履きます。
くつ　　は
穿鞋。

(2) ドアを開けてください。
あ
請開門。

(3) 今日は学校を休みたいです。
きょう　　がっこう　　やす
今天想請假不上學。

練習

I [a,b] の中から正しいものを選んで、○をつけなさい。
なか　　ただ　　　　　　えら

① 新しく　（a. 習った　　　b. 習いました）　漢字を書きます。
あたら　　　　なら　　　　　　　なら　　　　　　かんじ　か

② シャワー　（a. に　　b. を）　浴びます。
あ

③ ここを押すと電気　（a. が　　b. を）　つきます。
お　　でんき

④ （a. 書いた　　b. 書く）　ノートがどこにあるかわからない。
か　　　　　　か

II 下の文を正しい文に並べ替えなさい。＿＿＿＿に数字を書きなさい。
した　ぶん　ただ　ぶん　なら　か　　　　　　　　すうじ　か

① 家の前　＿＿＿ ＿＿＿ ＿＿＿ ＿＿＿。
いえ　まえ

　1. 車　　2. 止まりました　　3. が　　4. に
　　くるま　　　と

② 日本語で　＿＿＿ ＿＿＿ ＿＿＿ ＿＿＿ です。
にほんご

　1. たい　　2. を　　3. インターネット　　4. 使い
　　　　　　　　　　　　　　　　　　　　つか

文法一點通

　　「が＋自動詞」通常是指自然力量所產生的動作，譬如「ドアが閉まりました」（門關了起來）表示門可能因為風吹，而關了起來；「を＋他動詞」是指某人刻意做的動作，例如「ドアを閉めました」（把門關起來）表示某人基於某個理由，而把門關起來。

33 動詞の表現（3）

／動詞的表現（3）

◆ 動詞＋て ／1. 因為；2. 又…又…；3.…然後；4. 用…；5.…而…

→ 接續方法：{動詞て形}＋て

【原因】
　　（1）たくさん歩いて、疲れました。
　　　　　走了漫漫長路，已經疲憊不堪了。

【並列】
　　（1）女は青い服を着て、黒い眼鏡をかけています。
　　　　　她身穿藍色衣著，戴著黑框眼鏡。

【動作順序】
　　（1）山に登って、山の上でお弁当を食べました。
　　　　　登上山，並在山上享用了便當。

【方法】
　　（1）窓を開けて、部屋を涼しくします。
　　　　　打開窗，讓房間變涼快。

【對比】
　　（1）行きたい人は行って、行きたくない人はここにいなさい。
　　　　　想去的人前往，不想去的人請留在這裡。

◆ 動詞ないで ／1. 沒…就…；2. 沒…反而…、不做…，而做…

→ 接續方法：{動詞否定形}＋ないで

單字及補充

| 疲れる 疲倦，疲勞 | 青い 藍的，綠的，青的；不成熟 | 眼鏡 眼鏡 | 山 山；一大堆，成堆如山
| 岩 岩石 | 登る 登，上；攀登（山） | お弁当 便當 | 煙草 香煙；煙草 | 灰皿 菸灰缸 | マッチ
【match】火柴；火材盒 | 吸う 吸，抽；啜；吸收

【附帶】

(1) 家を出ないで、仕事をします。
不出門，在家工作。

【對比】

(1) いつも電車に乗りますが、今日は電車に乗らないで、自転車に乗ります。
平時總是搭乘電車，而今日不搭車改騎腳踏車。

◆ 動詞なくて /因為沒有…、不…所以…

→ 接續方法：{動詞否定形}＋なくて

【原因】

(1) 単語を知らなくて、書けません。
不認識這個單字，所以不會寫。

(2) たばこを吸わなくて、体が丈夫です。
因為不抽菸，所以身強體壯。

(3) 熱が下がらなくて、病院に行きました。
高燒遲遲沒退，所以去了醫院。

練習

I [a,b] の中から正しいものを選んで、○をつけなさい。

① 晩ご飯を　(a. 食べなくて　　b. 食べないで)　寝ます。

② お金が　(a. なかった　　b. なくて)　、困っています。

③ 姉はいつも朝ご飯を　(a. 食べないで　　b. 食べない)　、会社へ行きます。

④ 辞書を　(a. 引いて　　b. 引かて)　、新しい言葉を覚えます。

II 下の文を正しい文に並べ替えなさい。 _____ に数字を書きなさい。

① _____ _____ _____ _____ 出ました。

　　1. 買わないで　　2. お店　　3. 何も　　4. を

② 山田さんは _____ _____ _____ _____ 。

　　1. を　　2. 仕事　　3. 困ります　　4. しなくて

34 動詞の表現（4）

／動詞的表現（4）

◆ 動詞＋ています　／正在…

→ 接續方法：{動詞て形}　＋います

【動作的持續】

(1) 今朝から雨が降っています。
けさ　　　　あめ　　ふ
今早就下起雨來。

(2) 今、何をしていますか。
いま　なに
你現在在做什麼呢？

(3) 兄は料理をしています。
あに　りょうり
哥哥正在做料理。

◆ 動詞＋ています　／都…

→ 接續方法：{動詞て形}　＋います

【動作的反覆】

(1) 彼はいつも帽子をかぶっています。
かれ　　　　　ぼうし
他總是戴著帽子。

(2) 村上さんは授業中、いつも寝ています。
むらかみ　　　　じゅぎょうちゅう　　　　ね
村上同學總是在課堂上睡覺。

(3) 李さんはよく図書館で勉強しています。
リー　　　　　　　　としょかん　　べんきょう
李同學常在圖書館裡用功讀書。

單字及補充

┃被る 戴（帽子等）；（從頭上）蒙，蓋（被子）；（從頭上）套，穿 ┃授業 上課，教課，授課 ┃病院
かぶ　　　　　　　　　　　　　　　　　　　　　　　　　　　　　　　　　　　じゅぎょう　　　　　　　　　　　　　びょういん
醫院 ┃教える 教授；指導；教訓；告訴 ┃レストラン【(法) restaurant】西餐廳 ┃お皿 盤子（「皿」
　　　　おし　　　さら
的鄭重説法） ┃茶碗 碗，茶杯，飯碗 ┃スプーン【spoon】湯匙 ┃フォーク【fork】叉子，餐叉
　　　　　　　　ちゃわん
┃ナイフ【knife】刀子，小刀，餐刀 ┃箸 筷子，箸 ┃グラス【glass】玻璃杯；玻璃 ┃コップ
　　　　　　　　　　　　　　　　　　　はし
【(荷) kop】杯子，玻璃杯 ┃カップ【cup】杯子；（有把）茶杯 ┃枚（計算平薄的東西）…張，…片，
　　　　　　　　　　　　　　　　　　　　　　　　　　　　　　　　　まい
…幅，…扇 ┃洗う 沖洗，清洗；洗滌
　　　　　　　あら

◆ 動詞＋ています ／做…、是…

→ 接續方法：｛動詞て形｝＋います

【工作】

(1) 彼女は病院で働いています。
かのじょ びょういん はたら
她在醫院上班。

(2) 姉は塾で英語を教えています。
あね じゅく えいご おし
姐姐在補習班教英語。

(3) 私はレストランでお皿を洗っています。
わたし さら あら
我在餐廳負責洗碗。

練習

I [a,b] の中から正しいものを選んで、○をつけなさい。
なか ただ えら

① 毎朝早く起きて、公園まで （a. 走っています b. 走りました）。
まいあさはや お こうえん はし はし

② マリさんは今テレビを （a. 見っています b. 見ています）。
いま み み

③ 毎日いつも３時ごろおやつを （a. 食べません b. 食べています）。
まいにち さんじ た た

④ 私の兄は今年から銀行に （a. 勤めています b. 勤めましょう）。
わたし あに ことし ぎんこう つと つと

II 下の文を正しい文に並べ替えなさい。＿＿＿＿ に数字を書きなさい。
した ぶん ただ ぶん なら か すうじ か

① 交番の前 ＿＿＿ ＿＿＿ ＿＿＿ ＿＿＿ います。
こうばん まえ

　1. に　 2. 立って　 3. が　 4. おまわりさん
　　　　　た

② 父は ＿＿＿ ＿＿＿ ＿＿＿ ＿＿＿ しています。
ちち

　1. を　 2. 仕事　 3. アメリカ　 4. で
　　　　　しごと

文法一點通

「ています」接在職業名詞後面，表示現在在做什麼職業；「ています」表示動作正在進行中。也表示穿戴、打扮或手拿、肩背等狀態保留的樣子。如「ネクタイをしめています／繫著領帶」。

35 動詞の表現 (5)

／動詞的表現 (5)

◆ 動詞＋ています ／已…了

→ 接續方法：{動詞て形} ＋います

【狀態的結果】

(1) 公園に桜の花が落ちています。
こうえん さくら はな お
公園裡散落著櫻花。

(2) 電気がついています。
でんき
燈是亮著的。

(3) 理恵さんはきれいな服を着ています。
り え ふく き
理恵小姐穿著漂亮的衣服。

◆ 自動詞＋ています ／…著、已…了

→ 接續方法：{自動詞て形} ＋います

【動作的結果－無意圖】

(1) 廊下に花の絵が掛かっています。
ろうか はな え か
走廊掛著以花為主題的畫作。

(2) 隣の部屋は窓が開いています。
となり へ や まど あ
隔壁房間的窗子敞開著。

(3) 椅子の下に財布が落ちています。
い す した さいふ お
有個錢包掉在椅子底下。

單字及補充

| 電気 電力；電燈；電器 | 点ける 點（火），點燃；扭開（開關），打開 | 消す 熄掉，撲滅；關掉，
でんき   つ   け
弄滅；消失，抹去 | 消える（燈，火等）熄滅；（雪等）融化；消失，看不見 | 着る（穿）衣服
| 脱ぐ 脱去，脱掉，摘掉 | 絵 畫，圖畫，繪畫 | 描く 畫，繪製；描寫，描繪 | 掛かる 懸掛，
ぬ   え   か   か
掛上；覆蓋；花費 | パーティー【party】（社交性的）集會，晚會，宴會，舞會 | 肉 肉 | 鶏肉・
                    え   にく   とりにく
鳥肉 雞肉；鳥肉 | 豚肉 豬肉 | 卵 蛋，卵；鴨蛋，雞蛋 | 冷蔵庫 冰箱，冷藏室，冷藏庫
とりにく   ぶたにく   たまご   れいぞうこ

74

◆ 他動詞＋てあります ／…著、已…了

→ 接續方法：{他動詞て形} ＋あります

【動作的結果－有意圖】

(1) ノートに名前が書いてあります。
筆記本上寫著名字。

(2) パーティーの飲み物は買ってあります。
要在派對上喝的飲料已經買好了。

(3) 肉は冷蔵庫に入れてあります。
肉已經放在冰箱裡了。

練習

Ⅰ [a,b] の中から正しいものを選んで、○をつけなさい。

① お皿はきれいに洗って （a. あります　 b. います） 。

② 冷蔵庫にビールが入って （a. できます　 b. います） 。

③ 教室の壁にカレンダーが掛かって （a. します　 b. います） 。

④ 狭い部屋ですが、いろんな家具が置いて （a. あります　 b. いません） 。

Ⅱ 下の文を正しい文に並べ替えなさい。_____に数字を書きなさい。

① 公園にいろいろな ＿＿＿ ＿＿＿ ＿＿＿ ＿＿＿ 咲いています。

　　1. が　 2. 色　 3. 花　 4. の

② 田中さんは白い ＿＿＿ ＿＿＿ ＿＿＿ ＿＿＿。

　　1. います　 2. を　 3. 帽子　 4. かぶって

文法一點通

　　「ています」接在瞬間動詞之後，表示人物動作結束後的狀態結果。這裡要注意經常一起在考題中出現的「ておきます」，它接在意志動詞之後，表示為了某特定的目的，事先做好準備工作。

36 動詞の表現 (6)
／動詞的表現 (6)

◆ 動詞ながら　／1.一邊…一邊…；2.一面…一面…

→ 接續方法：{動詞ます形}＋ながら

【同時】

(1) 歌を歌いながら、公園の中を歩きます。
うた　うた　　　こうえん　なか　　　ある
一邊哼著歌，一邊走在公園裡。

(2) 食べながら、話さないでください。
た　　　　　　　はな
請不要邊吃邊講話。

(3) 仕事をしながら、大学で勉強しました。
しごと　　　　　　　だいがく　　べんきょう
那時我一邊工作，一邊讀大學。

(4) 子どもを育てながら、大学に通いました。
こ　　　　そだ　　　　　　だいがく　　かよ
想當年我一面養育孩子，一面上大學。

◆ 動詞たり〜動詞たりします
／1.又是…，又是…；3.一會兒…，一會兒…；4.有時…，有時…

→ 接續方法：{動詞た形}＋り＋{動詞た形}＋り＋する

【列舉】

(1) 夏は川で魚をとったり遊んだりしています。
なつ　かわ　さかな　　　　　　　あそ
每到夏天總會去河裡抓魚和戲水。

單字及補充

| ながら 邊…邊…，一面…一面… | 歩く 走路，步行
ある | 散歩 散步，隨便走走
さんぽ | 走る（人，動
はし
物）跑步，奔跑；（車，船等）行駛 | 話す 説，講；談話；告訴（別人）
はな | 話 話，説話，講話
はなし
| 口 口，嘴巴
くち | 目 眼睛；眼珠，眼球
め | 大学 大學
だいがく | 学校 學校；（有時指）上課
がっこう | 遊ぶ 遊玩；
あそ
閒著；旅行；沒工作 | する 做，進行 | 行く・行く 去，往；離去；經過，走過
い　　ゆ | 来る（空間，
く
時間上的）來；到來

(2) 友達とよくゲームをしたり漫画を読んだりします。
　　常和朋友打打遊戲、看看漫畫。

(3) 北海道に行ったら、スキーをしたりしたいです。
　　到了北海道以後，想去滑個雪。

【反覆】

(1) 彼は台湾と日本を行ったり来たりしている。
　　他總是來回往返台灣和日本。

練習

I [a,b] の中から正しいものを選んで、○をつけなさい。

① 歩き （a. ちゅう　　b. ながら）　話しましょう。

② 子どもの熱が （a. 上がったり　　b. 上がって）　下がったりしています。

③ 音楽を （a. 聞く　　b. 聞き）　ながら、本を読みます。

④ 東京に行ったら、原宿で買い物をし （a. て　　b. たり）　したいです。

⑤ 休みの日は、本を （a. 読んだり　　b. 読んたり）　映画を見たりします。

II 下の文を正しい文に並べ替えなさい。＿＿＿ に数字を書きなさい。

① 佐藤さんは体が弱くて、＿＿＿　＿＿＿　＿＿＿　＿＿＿　です。

　　1. 来なかったり　　2. に　　3. 来たり　　4. 学校

② 昼は ＿＿＿　＿＿＿　＿＿＿　＿＿＿、夜はお店でピアノを弾いています。

　　1. ながら　　2. で　　3. 銀行　　4. 働き

文法一點通

　　「たり～たりします」表反覆，用在反覆做某行為，譬如「歌ったり踊ったり」（又唱歌又跳舞）表示「唱歌→跳舞→唱歌→跳舞→…」，但如果用「ながら」，它表同時，表示兩個動作是同時進行的。

37 要求、授受、助言と勧誘の表現（１）

Track 37

／要求、授受、提議及勧誘的表現（１）

◆ 名詞をください　／1. 我要…、給我…；2. 給我（数量）…

→ 接続方法：｛名詞｝＋をください

【請求－物品】

(1) この牛肉をください。
ぎゅうにく
請給我那塊牛肉。

(2) 温かいお茶をください。
あたた　　　ちゃ
請給我熱的茶。

(3) パンをもう少しください。
すこ
請再給我一點麵包。

◆ 動詞てください　／請…

→ 接続方法：｛動詞て形｝＋ください

【請求－動作】

(1) 窓を閉めてください。
まど　し
請關上窗戶。

(2) 知りたいことは聞いてください。
し　　　　　　　　　き
有想知道的地方請發問。

(3) ちょっとこっちへ来てください。
き
請過來這邊一下。

單字及補充

｜牛肉 牛肉 ｜お茶 茶，茶葉（「茶」的鄭重説法）；茶道 ｜パン【（葡）pão】麵包 ｜食べ物 食物，
ぎゅうにく　　　　ちゃ
吃的東西 ｜飲み物 飲料 ｜バター【butter】奶油 ｜閉める 關閉，合上；繫緊，束緊 ｜閉まる
の　もの　　　　　　　　　　　　　　　　　　し　　　　　　　　　　　　　　　　　　　　　し
關閉；關門，停止營業 ｜一寸 一下子；（下接否定）不太…，不太容易…；一點點 ｜丁度 剛好，正好；
ちょっと　　　　　　　　　　　　　　　　　　　　　ちょうど
正，整 ｜動物（生物兩大類之一的）動物；（人類以外，特別指哺乳類）動物 ｜鳥 鳥，禽類的總稱；
どうぶつ　　　　　　　　　　　　　　　　　　　　　　　　　　　　　とり
雞 ｜鳴く（鳥，獸，虫等）叫，鳴 ｜立つ 站立；冒，升；出發
な　　　　　　　　　　　　　　　た

78

◆ ないでください　／1. 請不要…；2. 請您不要…

【請求不要】

(1) 写真を撮らないでください。
請不要拍照。

(2) 動物に食べ物をやらないでください。
請勿餵食動物！

【婉轉請求】

(1) そこに立たないでくださいませんか。
可以請您不要站在那邊嗎？

練習

Ⅰ [a,b] の中から正しいものを選んで、○をつけなさい。

① テキストの 12 ページを　(a. 読んで　　b. 読んだ)　ください。

② 赤い花を6本　(a. ください　　b. ないでください)　。

③ あした宿題を　(a. 忘れなくて　　b. 忘れないで)　くださいね。

④ ここではたばこを　(a. 吸う　　b. 吸わ)　ないでください。

Ⅱ 下の文を正しい文に並べ替えなさい。_____ に数字を書きなさい。

① ハンバーガー _____ _____ _____ _____。

　1. ください　　2. を　　3. コーラ　　4. と

② 切符を _____ _____ _____ _____ に乗ってください。

　1. 電車　　2. から　　3. 先に　　4. 買って

文法一點通

　「をください」表示跟對方要求某物品，也表示請求對方為我(們)做某事。如果是「てください」的形式，就表示請求對方做某事。此外「ないでください」因前面接動詞ない形，是請求對方不要做某事的意思。

79

38 要求、授受、助言と勧誘の表現（2）

／要求、授受、提議及勧誘的表現（2）

◆ 動詞てくださいませんか　／能不能請您…

→ 接續方法：｛動詞て形｝＋くださいませんか

【客氣請求】

（1）ここに書_かいてくださいませんか。
能否請您寫在這裡呢？

（2）ノートを見_みせてくださいませんか。
筆記可以借我看嗎？

（3）また明日_{あした}来_きてくださいませんか。
您明天會再來嗎？

◆ をもらいます　／取得、要、得到

→ 接續方法：｛名詞｝＋をもらいます

【授受】

（1）母_{はは}に暖_{あたた}かいセーターをもらいました。
媽媽給了我一件溫暖的毛衣。

（2）鈴木_{すずき}さんから古_{ふる}いテレビをもらいました。
從鈴木小姐那裡接收了舊電視機。

（3）よく大阪_{おおさか}の友達_{ともだち}から葉書_{はがき}をもらいます。
大阪的友人經常寄明信片給我。

單字及補充

┃書_かく 寫，書寫；作（畫）；寫作（文章等）　┃ノート【notebook 之略】筆記本；備忘錄　┃見_みせる 讓…看，給…看　┃又_{また} 還，又，再；也，亦；同時　┃古_{ふる}い 以往；老舊，年久，老式　┃セーター【sweater】毛衣　┃葉書_{はがき} 明信片　┃お酒_{さけ} 酒（「酒」的鄭重說法）；清酒　┃方_{ほう} 方向；方面；（用於並列或比較屬於哪一）部類，類型　┃外_{ほか} 其他，另外；旁邊，外部；（下接否定）只好，只有　┃休_{やす}み 休息；假日，休假；停止營業；缺勤；睡覺　┃柔_{やわ}らかい 柔軟的

◆ ほうがいい ／ 1. 我建議最好…、我建議還是…為好；2. …比較好；3. 最好不要…

→ 接續方法：{名詞の；形容詞辭書形；形容動詞詞幹な；動詞た形} ＋ ほうがいい

【勧告】

(1) 酒を飲みすぎないほうがいいですよ。
還是不要飲酒過量比較好喔！

【提出】

(1) 休みの日は、家にいるほうがいいです。
我放假天比較喜歡待在家裡。

(2) 柔らかいソファのほうがいい。
柔軟的沙發比較好。

練習

I [a,b] の中から正しいものを選んで、○をつけなさい。

① 私のパソコンが壊れて、友達に直して　(a. あげました　　b. もらいました)　。

② すみません、ドアを　(a. 開けなくて　　b. 開けて)　くださいませんか。

③ 熱があるときは、お風呂に　(a. 入らない　　b. 入らないで)　ほうがいいですよ。

④ もう1度　(a. 話さないで　　b. 話して)　くださいませんか。

II 下の文を正しい文に並べ替えなさい。_____ に数字を書きなさい。

① 山の道を歩くので、この靴を　_____ _____ _____ _____　です。

　　1. いい　　2. ほう　　3. が　　4. 履いた

② 銀行で、_____ _____ _____ _____。

　　1. もらいました　　2. カレンダー　　3. 新しい　　4. を

文法一點通

「をもらいます」表示授受，表示向他人請求時，從對方那裡得到某物品，或得到對方某些幫助，「をくれる」表示物品受益，表示同輩的對方主動送給我（或我方的人）某物品，或主動幫我（或我方的人）做某事。兩者都含有感謝對方的語意喔！

39 要求、授受、助言と勧誘の表現（３）
／要求、授受、提議及勧誘的表現（３）

◆ 動詞ましょう ／1. 做…吧；2. 就那麼辦吧；3. …吧

→ 接續方法：{動詞ます形} ＋ましょう

【勧誘】────────────

(1) 来年、また日本に行きましょう。
らいねん　　　　にほん　い
明年再一起去日本吧！

【主張】────────────

(1)「テニスをしましょう。」「ええ、そうしましょう。」
「一起打網球吧！」「好，就這麼辦！」

【倡導】────────────

(1) 道を渡るときは、手を上げましょう。
みち　わた　　　　　て　あ
過馬路時，請把手舉高！

◆ 動詞ましょうか ／1. 我來（為你）…吧；2. 我們（一起）…吧

→ 接續方法：{動詞ます形} ＋ましょうか

【提議】────────────

(1)「荷物を持ちましょうか。」「ありがとう。お願いします。」
にもつ　も　　　　　　　　　　　　　　ねが
「要不要幫忙提行李？」「謝謝，麻煩了。」

(2) タクシーを呼びましょうか。
よ
我們攔計程車吧？

單字及補充

┃道 路，道路 ┃交差点 交差路口 ┃橋 橋，橋樑 ┃渡る 渡，過（河）；（從海外）渡來 ┃渡す 交
みち　　　　　　　こうさてん　　　　　　　はし　　　　　　わた　　　　　　　　　　　　　　　　　　わた
給，交付 ┃危ない 危險，不安全；令人擔心；（形勢，病情等）危急 ┃止まる 停，停止，停靠；停頓；
あぶ　　　　　　　　　　　　　　　　　　　　　　　　　　と
中斷 ┃上げる 舉起；抬起 ┃荷物 行李，貨物 ┃鞄 皮包，提包，公事包，書包 ┃持つ 拿，帶，
あ　　　　　　　　　　　にもつ　　　　　　　　　かばん　　　　　　　　　　　　　　　　も
持，攜帶 ┃どうもありがとうございました 謝謝，太感謝了 ┃どういたしまして 沒關係，不
用客氣，算不了什麼 ┃呼ぶ 呼叫，招呼；邀請；叫來；叫做，稱為 ┃時間 時間，功夫；時刻，鐘
よ　　　　　　　　　　　　　　　　　　　　　　　　じかん
點…小時，…點鐘 ┃一緒 一塊，一起；一樣；（時間）一齊，同時
いっしょ

【邀約】────────────────────

(1) もう時間ですね。一緒に帰りましょうか。
　　　じかん　　　　　いっしょ　　かえ
　　時間差不多了，一起回家吧！

◆ 動詞ませんか　／要不要…吧

→ 接續方法：{動詞ます形} ＋ませんか

【勧誘】────────────────────

(1) 公園でテニスをしませんか。
　　こうえん
　　要不要到公園打網球呢？

(2) 一緒に京都へ行きませんか。
　　いっしょ　きょうと　　い
　　要不要一起去京都呢？

(3) 明日一緒に映画を見ませんか。
　　あしたいっしょ　えいが　み
　　明天要不要一起看場電影啊？

練習

I [a,b] の中から正しいものを選んで、○をつけなさい。
　　　　なか　　ただ　　　　　　えら

① 食事の前に手を　（a. 洗い　　b. 洗って）　ましょう。
　しょくじ　まえ　て　　　あら　　　　　　あら

② お父さんが帰ったら、晩ご飯を　（a. 食べる　　b. 食べ）　ましょう。
　とう　　　かえ　　　ばん　はん　　　　　た　　　　　　た

③ 暑いですね。エアコンを　（a. つけた　　b. つけ）　ましょうか。
　あつ

④ 仕事のあと、一緒に　（a. 帰り　　b. 帰って）　ませんか。
　しごと　　　いっしょ　　　かえ　　　　　　かえ

II 下の文を正しい文に並べ替えなさい。＿＿＿＿に数字を書きなさい。
　　　した　ぶん　ただ　ぶん　なら　か　　　　　　　　　　すうじ　か

① 一緒に　＿＿＿＿　＿＿＿＿　＿＿＿＿　＿＿＿＿。
　いっしょ

　　1. を　　2. ダンス　　3. ましょう　　4. し

② 日曜日の午後、＿＿＿＿　＿＿＿＿　＿＿＿＿　＿＿＿＿。
　にちようび　ごご

　　1. ませんか　　2. 山　　3. に　　4. 登り
　　　　　　　　　　　　やま　　　　　　　　のぼ

40 希望と意志の表現

／希望及意志的表現

◆ 名詞がほしい ／1. …想要…；2. 不想要…

→ 接續方法：｛名詞｝＋が＋ほしい

【希望－物品】

(1) 新しい靴がほしいです。
　　あたら　　　くつ
　　想要一雙新鞋。

(2) 私は猫がほしいです。
　　わたし　ねこ
　　我想要養隻貓。

(3) お金はほしくありません。
　　かね
　　我並不要錢。

◆ 動詞たい ／1. 想要…；2. 想要…呢？；3. 不想…

→ 接續方法：｛動詞ます形｝＋たい

【希望－行為】

(1) 私はこの学校に入りたいです。
　　わたし　　　がっこう　はい
　　我想上這所學校。

(2) あなたはどんな医者になりたいですか。
　　　　　　　　　　いしゃ
　　你想成為怎麼樣的醫生呢？

(3) 日曜日はどこへも行きたくありません。
　　にちようび　　　　　い
　　星期天哪兒都不想去。

單字及補充

| 新しい 新的；新鮮的；時髦的 ｜ お祖父さん・お爺さん 祖父；外公；（對一般老年男子的稱呼）
爺爺 ｜ お祖母さん・お婆さん 祖母；外祖母；（對一般老年婦女的稱呼）老婆婆 ｜ 伯父さん・叔父
さん 伯伯，叔叔，舅舅，姨丈，姑丈 ｜ 伯母さん・叔母さん 姨媽，嬸嬸，姑媽，伯母，舅媽
｜ 猫 貓 ｜ 犬 狗 ｜ どんな 什麼樣的 ｜ こんな 這樣的，這種的 ｜ 医者 醫生，大夫 ｜ 為る 成為，
變成；當（上） ｜ 卒業 畢業 ｜ がる 想，覺得；故做

84

◆ つもり ／ 1. 打算、準備；2. 不打算；3. 有什麼打算呢

【意志】

(1) 卒業したら、日本に行くつもりです。
そつぎょう　　　　　にほん　い
畢業後，我打算去日本。

(2) もう彼には会わないつもりです。
かれ　あ
我不想再和他見面了。

(3) 夏休みはどうするつもりですか。
なつやす
你打算怎麼度過暑假呢？

練習

Ⅰ [a,b] の中から正しいものを選んで、○をつけなさい。
なか　　ただ　　　　　　えら

① 旅行に行くので、もっと大きいかばんが　（a. ほしくない　　b. ほしい）　です。
りょこう　い　　　　　　　　　　おお

② 私は日本語の先生に　（a. なって　　b. なり）　たいです。
わたし　にほんご　せんせい

③ 夏休みは北海道を1周する　（a. つもり　　b. たい）　です。
なつやす　ほっかいどう　　いっしゅう

④ 韓国の音楽が聞き　（a. ほしい　　b. たい）　です。
かんこく　おんがく　き

Ⅱ 下の文を正しい文に並べ替えなさい。＿＿＿ に数字を書きなさい。
した　ぶん　ただ　ぶん　なら　か　　　　　　　　　　すうじ　か

① 私は犬がほしいです　＿＿＿、＿＿＿ ＿＿＿ ＿＿＿ ありません。
わたし　いぬ

　　1. が　　　2. ほしく　　　3. は　　　4. ねこ

② 日曜日は　＿＿＿ ＿＿＿ ＿＿＿ ＿＿＿ です。
にちようび

　　1. しない　　　2. つもり　　　3. を　　　4. テニス

文法一點通

　　「がほしい」表示說話人想要得到某事物，相似的用法還有「をください」，用在有禮貌地跟某人要求某樣東西時，兩個文法前面都接名詞。此外，「たい」表希望（行為），用在說話人內心希望自己能實現某個行為時。雖然「てほしい」也表希望，但要用在希望別人達成某事時，而不是自己想去實踐。

41 比較と程度の表現
／比較及程度的表現

◆ は〜より ／…比…

→ 接續方法：{名詞} ＋は＋ {名詞} ＋より

【比較】────────────────

(1) 今年は去年より暖かいです。
ことし きょねん あたた
今年比去年來得暖和。

(2) 車は電車より便利です。
くるま でんしゃ べんり
自駕比搭電車來得方便。

(3) 北海道は九州より大きいです。
ほっかいどう きゅうしゅう おお
北海道的面積比九州大。

◆ より〜ほう ／…比…、比起…，更…

→ 接續方法：{名詞；形容詞・動詞普通形} ＋より（も、は）＋ {名詞の；形容詞・動詞普通形；形容動詞詞幹な} ＋ほう

【比較】────────────────

(1) 私より兄のほうが足が速いです。
わたし あに あし はや
哥哥的腳程比我快。

(2) 夏より冬のほうが好きです。
なつ ふゆ す
比起夏天，我更喜歡冬天。

(3) 私はベッドよりも布団のほうがいいです。
わたし ふとん
比起床鋪，我比較喜歡被褥。

單字及補充

| 年 年（也用於計算年數） | 去年 去年 | 一昨年 前年 | 来年 明年 | 再来年 後年 | 便利
ねん きょねん おととし らいねん さらいねん べんり
方便，便利 | ベッド【bed】床，床鋪 | 余り（後接否定）不太…，不怎麼…；過分，非常 | 広い
あま ひろ
（面積，空間）廣大，寬廣；（幅度）寬闊；（範圍）廣泛 | 狭い 狹窄，狹小，狹隘 | 分かる 知道，
せま わ
明白；懂得，理解

◆ あまり～ない　／ 1.不太…；2.完全不…

→ 接續方法：あまり（あんまり）＋ {形容詞・形容動・動詞否定形} ＋～ない

【程度】

(1) このコートはあまり暖かくないです。
　　　這件外套穿起來不怎麼暖和。

(2) 弟の部屋はあんまり広くありません。
　　　弟弟的房間並不寬敞。

(3) 勉強しましたが、全然わかりません。
　　　雖然讀了書，還是一點也不懂。

練習

I [a,b] の中から正しいものを選んで、○をつけなさい。

① この店のラーメンはあんまり　（a. 美味しく　　b. 美味しくなかった）　です。

② パーティーですから、ズボンよりスカートの　（a. もっと　　b. ほう）　がいいでしょう。

③ 妹は私　（a. より　　b. ほど）　力が弱いです。

④ 仕事は好きですが、勉強はあまり　（a. 好きくありませんでした　　b. 好きじゃありません）　。

II 下の文を正しい文に並べ替えなさい。＿＿＿＿ に数字を書きなさい。

① 会社へ行くなら、＿＿＿＿　＿＿＿＿　＿＿＿＿　＿＿＿＿　が速いですよ。

　　1. ほう　　2. より　　3. 電車の　　4. バス

② 姉　＿＿＿＿　＿＿＿＿　＿＿＿＿　＿＿＿＿　が上手です。

　　1. より　　2. ピアノ　　3. は　　4. 私

文法一點通

　　「あまり」口語常說成「あんまり」。在表示程度時，許多人經常會把它跟「とても（非常）」搞混了。其實只要記住「とても」後面接肯定，「あまり」後面接否定就簡單了！

　　另外，在表示頻率時，頻繁程度由大到小是「すこし（一點點）＞あまり（幾乎不）＞ぜんぜん（完全不）」。「ぜんぜん」後面大多接否定，但現在也可以接肯定，這時就有「とても（非常、真的、完全）」的意思了。例如：「ぜんぜん大丈夫（完全沒問題）」。

42 原因の表現

Track 42

／原因的表現

◆ [理由] ＋で ／因為…

→ 接續方法：{名詞} ＋で

【理由】

(1) 台風で車が飛びました。
颱風吹飛了車輛。

(2) 風邪で学校を休みました。
由於感冒而向學校請假了。

(3) 彼女は仕事と家事で忙しいです。
她奔波於工作和家庭之間，忙得不可開交。

◆ から ／因為…

→ 接續方法：{形容詞・動詞普通形} ＋から；{名詞；形容動詞詞幹} ＋ だから

【原因】

(1) 歌が下手だから、歌いたくないです。
因為歌聲很難聽，所以不想唱。

(2) ひらがなだから、読めるでしょう。
這是用平假名寫的，所以應該讀得懂吧？

(3) 忙しいから、新聞は読みません。
因為太忙了，所以沒看報紙。

單字及補充

| 台風 颱風 | 飛ぶ 飛，飛行，飛翔 | 吹く（風）刮，吹；（緊縮嘴唇）吹氣 | 歌う 唱歌；歌頌
| 平仮名 平假名 | 片仮名 片假名 | 読む 閲讀，看；唸，朗讀 | 習う 學習；練習 | 新聞 報紙
| ニュース【news】新聞，消息 | 帰る 回來，回家；歸去；歸還 | 返す 還，歸還，退還；送回
（原處）

88

◆ ので ／因為…

→ 接續方法：{形容詞・動詞普通形} ＋ので；{名詞；形容動詞詞幹} ＋ なので

【原因】

(1) もう遅いので、帰りましょう。
時間也很晚了，回家吧！

(2) 明日は仕事なので、行けません。
因為明天還要工作，所以沒辦法去。

(3) この本は大切なので、返してください。
這本書很重要，所以請還給我。

練習

Ⅰ [a,b] の中から正しいものを選んで、○をつけなさい。

① 雪 （a. で　　b. から）　電車が止まっています。

② このカメラは便利 （a. なので　　b. ので）、買いました。

③ 車の音 （a. に　　b. で）　寝られません。

④ 日本は近い （a. から　　b. だから）、よく旅行に行きます。

Ⅱ 下の文を正しい文に並べ替えなさい。_____ に数字を書きなさい。

① 子ども ＿＿＿ ＿＿＿ ＿＿＿ ＿＿＿、今日は会社を休みました。

　　1. ので　　2. 病気　　3. になった　　4. が

② ＿＿＿ ＿＿＿ ＿＿＿ ＿＿＿、帽子と手袋をしました。

　　1. は　　2. 寒い　　3. 今日　　4. から

文法一點通

　　「から」跟「ので」兩個文法都表示原因、理由。「から」傾向於用在說話人出於個人主觀理由；「ので」傾向於用在客觀的自然的因果關係。單就文法來說，「から」、「ので」經常能交替使用。

43 時間の表現（1）

／時間的表現（1）

◆ とき ／1. …的時候、時候、時

【同時】

（1）私は 2 3 歳のとき、仕事を始めました。
わたし　にじゅうさん さい　　　　　　しごと　　はじ

我在 23 歲時開始工作。

【時間點－之後】

（1）アメリカへ行ったとき、いつもハンバーガーを食べます。
　　　　　　　い　　　　　　　　　　　　　　　　　　　た

去美國時，我總是吃漢堡。

【時間點－之前】

（1）国に帰るとき、いつもこのバスに乗ります。
くに　かえ　　　　　　　　　　　　　の

要動身回國時，我總是坐巴士。

◆ 動詞たあとで、動詞たあと ／1. …以後…

→ 接續方法：{動詞た形} ＋あとで；{動詞た形} ＋あと

【前後關係】

（1）勉強をした後で、テレビを見ます。
べんきょう　　あと　　　　　　　み

讀完書再看電視。

（2）宿題をした後で、音楽を聞きます。
しゅくだい　　あと　　おんがく　き

寫完作業後，聽音樂。

（3）弟 は学校から帰った後、ずっと部屋で寝ています。
おとうと　がっこう　　かえ　　あと　　　　　へや　ね

弟弟從學校回家以後，就一直在房裡睡覺。

單字及補充

┃後（地點）後面；（時間）以後；（順序）之後；（將來的事）以後 ┃前（空間的）前，前面 ┃先 先，
あと　　　　　　　　　　　　　　　　　　　　　　　　　　　　　　まえ　　　　　　　　　　さき
早；頂端，尖端；前頭，最前端 ┃次 下次，下回，接下來；第二，其次 ┃音楽 音樂 ┃聞く 聽，
　　　　　　　　　　　　　　　　つぎ　　　　　　　　　　　　　　　　おんがく　　　　　き
聽到；聽從，答應；詢問 ┃レコード【record】唱片，黑膠唱片（圓盤形）┃テープ【tape】錄音帶，
卡帶；膠布 ┃ラジカセ【（和）radio ＋ cassette 之略】收錄兩用收音機，錄放音機 ┃テープレコー
ダー【tape recorder】磁帶錄音機 ┃ギター【guitar】吉他 ┃シャワー【shower】淋浴 ┃浴びる
　　あ
淋，浴，澆；照，曬 ┃石鹸 香皂，肥皂 ┃ご飯 米飯；飯食，餐 ┃朝ご飯 早餐，早飯
　　　　　　　　せっけん　　　　　　はん　　　　　　あさ はん

◆ 名詞＋の＋あとで、名詞＋の＋あと ／1. 先…後；2. …之後、…以後

→ 接續方法：{名詞} ＋の＋あとで；{名詞} ＋の＋あと

【前後關係】

(1) スポーツの後で、シャワーを浴びます。
運動完後沖個澡。

(2) 今日はご飯の後でお風呂に入ります。
今天要先吃飯再洗澡。

【順序】

(1) 仕事の後、飲みに行きませんか。
下班後要不要一起喝一杯？

練習

I [a,b] の中から正しいものを選んで、○をつけなさい。

① 運動した　(a. あとで　　b. まえに)　、牛乳を飲みます。

② 小さい　(a. とき　　b. のとき)　、兄とよく喧嘩しました。

③ 寂しい　(a. ごろ　　b. とき)　、友達に電話します。

④ (a. パーティーな　　b. パーティーの)　あとで、写真を撮りました。

II 下の文を正しい文に並べ替えなさい。_____ に数字を書きなさい。

① _____ _____ _____ _____、楽しくなりました。

　　1. あと　　2. 聞いた　　3. を　　4. 音楽

② _____ _____ _____ _____、カラオケで歌いませんか。

　　1. 映画　　2. あと　　3. この　　4. の

文法一點通

　　兩個文法都可以表示動作的先後，但「たあとで」表前後關係，前面是動詞た形，單純強調時間的先後關係；「てから」表動作順序，前面則是動詞て形，而且前後兩個動作的關聯性比較強。另外，要表示某動作的起點時，只能用「てから」。

44 時間の表現（２）

／時間的表現（２）

◆ 名詞＋の＋まえに ／…前、…的前面

→ 接續方法：{名詞} ＋の＋まえに

【前後關係】

(1)「テレビの前に宿題をしなさい。」「いやだよ。」
「看電視前先寫功課！」「我才不要！」

(2) 朝ご飯の前にシャワーを浴びます。
吃早餐前先淋浴。

(3) この薬は食事の前に飲みます。
這種藥請於餐前服用。

◆ 動詞まえに ／…之前，先…

→ 接續方法：{動詞辭書形} ＋まえに

【前後關係】

(1) 映画が始まる前に、トイレに行きます。
電影開演前，我先去上廁所。

(2) コーヒーを飲む前に、砂糖を入れます。
喝咖啡之前，我會先加糖。

(3) 父が帰る前に寝てしまいました。
還沒等到爸爸回來就先睡著了。

單字及補充

|コーヒー【(荷) koffie】咖啡　|薬 藥，藥品　|砂糖 砂糖　|寝る 睡覺，就寢；躺下，臥
|起きる（倒著的東西）起來，立起來，坐起來；起床　|階段 樓梯，階梯，台階　|階（樓房的）…
樓，層　|切符 票，車票　|使う 使用；雇傭；花費　|無くす 丟失；消除　|乗る 騎乘，坐，登上
|下りる・降りる「下りる」（從高處）下來，降落；（霜雪等）落下；「降りる」（從車，船等）下來
|毎日 每天，每日，天天　|忙しい 忙，忙碌　|暇 時間，功夫；空閒時間，暇餘

◆ 動詞てから ／ 1. 先做…，然後再做…；2. 從…

→ 接續方法：{動詞て形} ＋から

【動作順序】

(1) 階段を下りてから、右に曲がってください。
かいだん　お　　　　　　　　みぎ　ま
下了階梯後，請向右轉。

(2) 切符を買ってから乗ってください。
きっぷ　か　　　　　　　の
請先買票再搭乘。

【起點】

(1) 先生になってから、毎日忙しいです。
せんせい　　　　　　まいにちいそが
當上教師後，每天都奔波勞碌。

練習

I [a,b] の中から正しいものを選んで、○をつけなさい。
なか　　ただ　　　　　えら

① 結婚　（a. まえに　　b. のまえに）　、料理を習います。
けっこん　　　　　　　　　　　　　　　りょうり　なら

② （a. 結婚して　　b. 結婚した）　から、ずっとアパートに住んでいます。
けっこん　　　　　けっこん　　　　　　　　　　　　　　　　す

③ 漫画を　（a. 見る　　b. 見）　まえに、宿題をしました。
まんが　　　　　み　　　　　み　　　　　　しゅくだい

④ 授業　（a. までに　　b. のまえに）　先生の部屋へ来てください。
じゅぎょう　　　　　　　　　　　　　せんせい　へや　き

II 下の文を正しい文に並べ替えなさい。＿＿＿＿ に数字を書きなさい。
した　ぶん　ただ　ぶん　なら　か　　　　　　　　すうじ　か

① ＿＿＿＿ ＿＿＿＿ ＿＿＿＿ ＿＿＿＿、この紙に名前を書いてください。
かみ　なまえ　か

　1. を　　2. 借りる　　3. まえに　　4. 本
　　　　　　か　　　　　　　　　　　ほん

② ＿＿＿＿ ＿＿＿＿ ＿＿＿＿ ＿＿＿＿、ビールを飲みます。
の

　1. に　　2. お風呂　　3. から　　4. 入って
　　　　　　ふろ　　　　　　　　はい

文法一點通

　「まえに」表前後關係，表示動作、行為的先後順序，也就是做前項動作之前，先做後項的動作；「てから」表動作順序，結合兩個句子，也表示表示動作、行為的先後順序，強調先做前項的動作或前項事態成立，再進行後句的動作。

45 変化と時間変化の表現（１）
／變化及時間變化的表現（1）

◆ 形容詞く＋なります　／1. 變…；2. 變得…

→ 接続方法：｛形容詞詞幹｝＋く＋なります

【變化】

(1) 暗くなったので、帰りましょう。
くら　　　　　　　　　かえ
天色暗了，我們回去吧。

(2) 春になって、暖かくなりました。
はる　　　　あたた
入春之後，天氣變得暖和起來了。

(3) 塩を入れて、おいしくなりました。
しお　い
加鹽之後就變好吃了。

◆ 形容動詞に＋なります　／變成…

→ 接続方法：｛形容動詞詞幹｝＋に＋なります

【變化】

(1) よく食べたから、元気になりました。
た　　　　　　　げんき
因為吃得很飽，所以恢復了活力。

(2) 息子さんは立派になりましたね。
むすこ　　　　りっぱ
您兒子長成了一個優秀的人呢。

(3) 彼女は結婚して、きれいになりました。
かのじょ　けっこん
她結婚後，變漂亮了。

單字及補充

┃塩 鹽，食鹽　┃美味しい 美味的，可口的，好吃的　┃不味い 不好吃，難吃　┃食べる 吃
しお　　　　　　　　　　おい　　　　　　　　　　　　　　　　　まず　　　　　　　　　　　　た
┃立派 了不起，出色，優秀；漂亮，美觀　┃結婚 結婚　┃午後 下午，午後，後半天　┃アパート
りっぱ　　　　　　　　　　　　　　　　　　　　けっこん　　　　　ごご
【apartment house 之略】公寓　┃店 店，商店，店鋪，攤子　┃建物 建築物，房屋　┃玄関（建築
みせ　　　　　　　　　　　たてもの　　　　　　　　　　　　げんかん
物的）正門，前門，玄關　┃鍵 鑰匙；鎖頭；關鍵　┃エレベーター【elevator】電梯，升降機
かぎ

◆ 名詞に＋なります ／ 1. 變成…；2. 成為…

→ 接續方法：{名詞} ＋に＋なります

【變化】

(1) フランスの人と友達になりました。
我和法國人成為朋友了。

(2) 今日は午後から雨になります。
今天將自午後開始下雨。

(3) ここはアパートでしたが、今はきれいな店になりました。
這裡原本是間公寓，現在成了一間別緻的店鋪。

練習

Ⅰ [a,b] の中から正しいものを選んで、○をつけなさい。

① 3日から　(a. 寒いに　　b. 寒く)　なりますよ。

② 駅前はお店ができて、(a. 賑やかに　　b. 賑やか)　なりました。

③ あなたは日本語が　(a. 上手に　　b. 上手)　なりましたね。

④ 明日の午前中はいい天気に　(a. なります　　b. します)　よ。

Ⅱ 下の文を正しい文に並べ替えなさい。＿＿＿ に数字を書きなさい。

① 夏 ＿＿＿ ＿＿＿ ＿＿＿ ＿＿＿ なります。

　　1. から　　2. が　　3. 高く　　4. ビール

② あなたは ＿＿＿ ＿＿＿ ＿＿＿ ＿＿＿ なりましたね。

　　1. が　　2. 日本語　　3. に　　4. 上手

文法一點通

　　「形容動詞に＋なります」表示變化，表示狀態的自然轉變；「名詞に＋なります」也表示變化，但是表示事物的自然轉變。經常被拿來比較的還有「します」。雖也表示變化，但「なります」的焦點是，事態本身產生的自然變化，但「します」的焦點在於，事態是有人為意圖性所造成的變化。

46 変化と時間変化の表現（2） Track 46
／變化及時間變化的表現（2）

◆ 形容詞く＋します ／使變成…

→ 接續方法：｛形容詞詞幹｝＋く＋します

【變化】

(1) 暗い部屋を明るくします。
　　　くら　へや　あか
　　讓昏暗的室內變得明亮。

(2) 暖房をつけて、店の中を暖かくします。
　　　だんぼう　　　　　　みせ　なか　あたた
　　打開暖氣，讓店裡暖和起來。

(3) コーヒーはまだですか。速くしてください。
　　　　　　　　　　　　　　　はや
　　咖還沒沖好嗎？請快一點！

◆ 形容動詞に＋します ／1. 使變成…、讓它變成…

→ 接續方法：｛形容動詞詞幹｝＋に＋します

【變化】

(1) 歯をよく磨いて、丈夫にします。
　　は　　　みが　　　じょうぶ
　　勤刷牙，維護牙齒健康。

(2) 部屋を掃除して、きれいにします。
　　へや　そうじ
　　把房間打掃得一乾二淨。

【命令】

(1) 体を大切にしてください。
　　からだ　たいせつ
　　請保重身體。

單字及補充

| ストーブ【stove】火爐，暖爐 | 暖かい 溫暖的；溫和的 | 暗い（光線）暗，黑暗；（顏色）發暗，發黑 | 明るい 明亮；光明，明朗；鮮豔 | 速い（速度等）快速 | 遅い（速度上）慢，緩慢；（時間上）遲的，晚到的；趕不上 | ゆっくり 慢，不著急 | すぐ 馬上，立刻；（距離）很近 | 段々 漸漸地 | 下さい（表請求對方作）請給（我）；請… | 歯 牙齒 | 磨く 刷洗，擦亮；研磨，琢磨 | 体 身體；體格，身材 | 大切 重要，要緊；心愛，珍惜 | キロ【(法) kilo gramme 之略】千克，公斤 | グラム【(法) gramme】公克 | キロ【(法) kilo mètre 之略】一千公尺，一公里 | メートル【(法) mètre】公尺，米

◆ 名詞に＋します ／ 1. 讓…變成…、使其成為…；2. 請使其成為…

→ 接續方法：{名詞} ＋に＋します

【變化】

(1) リンゴを、ジュースにします。

把蘋果打成果汁。

(2) 部屋が二つあって、姉と私の部屋にします。

有兩個房間，分別作為我和姐姐的房間。

【請求】

(1) 荷物は 20 キロ以下にしてください。

行李的重量請控制在 20 公斤以內。

練習

Ⅰ [a,b] の中から正しいものを選んで、○をつけなさい。

① このお札を 100 円玉に （a. して　　b. なって）　ください。

② もう夜なので、（a. 静かな　　b. 静かに）　してください。

③ テレビの音を （a. 大きく　　b. 大きい）　します。

④ 森の木を切って、公園に （a. なります　　b. します）。

Ⅱ 下の文を正しい文に並べ替えなさい。_____ に数字を書きなさい。

① テストの問題を　_____　_____　_____　_____。

　　1. 簡単に　　2. もう　　3. します　　4. 少し

② 荷物が重いですね。_____　_____　_____　_____。

　　1. しましょう　　2. でも　　3. 軽く　　4. 少し

文法一點通

　　「形容詞く＋します」表變化，表示人為的、有意圖性的使事物產生變化。形容詞後面接「します」，要把詞尾的「い」變成「く」；「形容動詞に＋します」也表變化，表示人為的、有意圖性的使事物產生變化。形容動詞後面接「します」，要把詞尾的「だ」變成「に」。

47 変化と時間変化の表現（3）Track 47

／變化及時間變化的表現（3）

◆ もう＋［肯定］　／已經…了

→ 接続方法：もう＋〔動詞た形；形容動詞詞幹だ〕

【完了】

(1) 昨日の仕事はもうできました。
昨天的工作已經完成了。

(2) 丁さんはもう帰りました。
丁小姐已經回去了。

(3) ご飯はもう食べましたか。
吃過飯了嗎？

(4) ご飯はもうけっこうです。
飯我就不用了。

◆ もう＋［否定］　／已經不…了

→ 接続方法：もう＋〔否定表達方式〕

【否定的狀態】

(1) 彼には、もう会いたくないです。
我再也不想見到他了！

(2) 桜子はもう子どもじゃありません。
櫻子已經不是小孩子了！

單字及補充

| もう 已經；馬上就要　| 結構 很好，出色；可以，足夠；（表示否定）不要；相當　| コート【coat】外套，大衣；（西裝的）上衣　| 背広（男子穿的）西裝（的上衣）　| シャツ【shirt】襯衫　| ワイシャツ【white shirt 之略】襯衫　| ポケット【pocket】口袋，衣袋　| 服 衣服　| 上着 上衣；外衣　| 洋服 西服，西裝　| スカート【skirt】裙子　| お腹 肚子；腸胃

98

(3) 春だ。もうコートはいらないね。
　　　春天囉。已經不需要外套了。

(4) お腹がいっぱいですから、ケーキはもういりません。
　　　肚子已經吃得很撐了，再也吃不下蛋糕了。

練習

I [a,b] の中から正しいものを選んで、○をつけなさい。

① 風邪は （a. も　　b. もう）　大丈夫です。

② （a. もう　　b. まだ）　時間ですね。始めましょう。

③ 銀行に　（a. もう　　b. もの）　お金がありません。

④ 飲みすぎるから、飲み物はもう　（a. いります　　b. いりません）　。

⑤ （a. あと　　b. もう）　5時ですね。帰りましょう。

II 下の文を正しい文に並べ替えなさい。＿＿＿ に数字を書きなさい。

① ＿＿＿　＿＿＿　＿＿＿　＿＿＿　好きじゃありません。

　　1. もう　　2. の　　3. あなた　　4. ことは

② この　＿＿＿　＿＿＿　＿＿＿　＿＿＿　ないです。

　　1. 仕事　　2. やりたく　　3. もう　　4. は

③ ＿＿＿　＿＿＿　＿＿＿　＿＿＿　ですよ。

　　1. は　　2. 大人　　3. 君　　4. もう

文法一點通

　　「もう＋否定」讀降調，表示否定的狀態，也就是不能繼續某種狀態或動作了；「もう＋肯定」讀降調，表完了，表示繼續的狀態，也就是某狀態已經出現、某動作已經完成了。

48 変化と時間変化の表現（4） Track 48

／變化及時間變化的表現（4）

◆ **まだ＋［肯定］** ／1.還…；2.還有…、還在…

→ 接續方法：まだ＋〔肯定表達方式〕

【繼續】──────────────

（1）お風呂はまだ熱いです。
洗澡水還溫熱。

（2）息子はまだ1歳です。
兒子才1歲而已。

【存在】──────────────

（1）今まだ会社にいます。
現在還在公司。

（2）猫はまだ公園にいます。
貓現在還在公園裡。

◆ **まだ＋［否定］** ／還（沒有）…

→ 接續方法：まだ＋〔否定表達方式〕

【未完】──────────────

（1）孫さんがまだ来ません。
孫先生還沒來。

單字及補充

| 風呂 浴缸，澡盆；洗澡；洗澡熱水　│お手洗い 廁所，洗手間，盥洗室　│熱い（溫度）熱的，燙的
│冷たい 冷，涼；冷淡，不熱情　│今 現在，此刻（表最近的將來）馬上；剛才　│会社 公司；商社
│公園 公園　│よく 經常，常常　│弾く 彈，彈奏，彈撥　│未だ 還，尚；仍然；才，不過　│上手
（某種技術等）擅長，高明，厲害　│下手（技術等）不高明，不擅長，笨拙

(2) 熱はまだ下がりません。
　　發燒還沒退。

(3) 私はまだ大学生ではありません。
　　我還不是大學生。

(4) よく弾いていますが、まだ上手ではありません。
　　雖然常彈奏，但還不夠純熟。

練習

I [a,b] の中から正しいものを選んで、○をつけなさい。

① もう４月ですが、（a. まだ　　b. もう）　寒いです。

② まだ彼女から電話が　（a. ありません　　b. ありませんでした）　。

③ 宿題は　（a. まだ　　b. まず）　やっていません。

④ 時間はまだたくさん　（a. ありません　　b. あります）　。

⑤ この言葉は　（a. まだ　　b. しか）　習っていません。

II 下の文を正しい文に並べ替えなさい。_____ に数字を書きなさい。

① 私は _____ _____ _____ _____ ことがありません。

　　1. 日本　　2. に　　3. まだ　　4. 行った

② _____ _____ _____ _____ で寝ている。

　　1. 姉　　2. 病気　　3. まだ　　4. は

③ 約束の時間を過ぎたのに、_____ _____ _____ _____ いません。

　　1. 来て　　2. 彼　　3. は　　4. まだ

文法一點通

　　「まだ＋肯定」表示繼續的狀態，表示同樣的狀態，或動作還持續著；「もう＋否定」表示否定的狀態。後接否定的表達方式，表示某種狀態已經不能繼續了，或某動作已經沒有了。

49 断定、説明、推測の表現 Track 49
／斷定、說明、推測的表現

◆ でしょう ／1. 也許…、可能…；2. 大概…吧；3. …對吧

→ 接續方法：{名詞；形容動詞詞幹；形容詞・動詞普通形} ＋でしょう

【推測】

(1) 明日は晴れでしょう。
あした　は
明天應該是晴天吧。

(2) 簡単だから、読むことはできるでしょう。
かんたん　　　　　　　　　　よ
這很簡單，所以應該讀得懂吧？

【確認】

(1) ケーキを食べたのはあなたでしょう。
た
蛋糕是你吃掉的吧？

◆ のだ ／1.（因為）是…；2. …是…的

【說明】

(1) お腹が痛い。今朝の牛乳が古かったのだ。
なか　いた　けさ　ぎゅうにゅう　ふる
肚子好痛！可能是今天早上喝的牛奶過期了。

(2)「遅かったですね。」「電車が遅れたんです。」
おそ　　　　　　　　　　でんしゃ　おく
「你好慢啊！」「是電車誤點了。」

【主張】

(1) いろいろ考えましたが、この家でよかったんです。
かんが　　　　　　　　　　いえ
經過深思熟慮，還是覺得這個家最好了。

單字及補充

│痛い 疼痛；（因為遭受打擊而）痛苦，難過 │牛乳 牛奶 │ああ（表驚訝等）啊，唉呀；（表肯定）哦；嗯
いた
│あのう 那個，請問，喂；啊，嗯（招呼人時，說話躊躇或不能馬上說出下文時）│ええ（用降調表示肯定）是
ぎゅうにゅう
的，嗯；（用升調表示驚訝）哎呀，啊 │さあ（表示勸誘，催促）來；表躊躇，遲疑的聲音 │じゃ・じゃあ
那麼（就）│では 那麼，那麼說，要是那樣 │そう（回答）是，沒錯 │それでは 那麼，那就；如果那樣
的話 │はい（回答）有，到；（表示同意）是的 │しかし 然而，但是，可是 │そうして・そして 然後；而且；
於是；又 │それから 還有；其次，然後；（催促對方談話時）後來怎樣 │でも 可是，但是，不過；話雖如此

102

◆ じゃ ／ 1. 是…；2. 那麼、那

→ 接續方法：{名詞；形容動詞詞幹} ＋じゃ

【では→じゃ】

(1) 私はおばさんじゃありません。お姉さんですよ。
わたし　　　　　　　　　　　　ねえ
我不是阿姨，是姊姊！

(2) この道、便利じゃないよ。
みち　べんり
這條路走起來不是很方便。

【轉換話題】

(1)「みんな、もう終わりましたよ。」「じゃ、帰りましょう。」
お　　　　　　　　　かえ
「各位，已經結束囉！」「那麼，回家吧！」

練習

I [a,b] の中から正しいものを選んで、○をつけなさい。
なか　　　ただ　　　　　　　　　えら

① 昼は暑く （a. なる　　b. なった） でしょう。
ひる　あつ

② すてきな鞄ですね。どこで買った （a. んですか　　b. なんですか）。
かばん　　　　　　　か

③ 私が悪かった （a. んです　　b. なんです）。本当にすみませんでした。
わたし　わる　　　　　　　　　　　　　　　　　　ほんとう

④ あそこにいる人は、 （a. たぶん　　b. どちら） 高橋さんでしょう。
ひと　　　　　　　　　　　　　　　　　　たかはし

II 下の文を正しい文に並べ替えなさい。　　　　に数字を書きなさい。
した　ぶん　ただ　ぶん　なら　か　　　　　　　　すうじ　か

① どうして ＿＿＿ ＿＿＿ ＿＿＿ ＿＿＿ ですか。

1. 飲まない　　2. も　　3. ん　　4. 何
の　　　　　　　　　　　　　　　なに

② 私は ＿＿＿ ＿＿＿ ＿＿＿ ＿＿＿。
わたし

1. 子ども　　2. ありません　　3. もう　　4. じゃ
こ

文法一點通

　　「でしょう」一般用來表示說話人的推測或猜想，日文常用「たぶん～でしょう」這樣前後呼應的
說法。另外再複習一下「です」，是以禮貌的語氣表示斷定、肯定或對狀態進行說明。

50 名称と存在の表現

Track 50

／名稱及存在的表現

◆ という名詞 ／1. 叫做…、叫…

→ 接続方法：{名詞} ＋という＋ {名詞}

【介紹名稱】

（1）あれは何という魚ですか。
なん　　　　さかな
那種魚叫什麼名字？

（2）あれは秋刀魚という魚です。
さんま　　　　　さかな
那種魚叫做秋刀魚。

（3）あなたのお姉さんは何という名前ですか。
ねえ　　　　なん　　　なまえ
請問令姐的大名是什麼呢？

◆ に〜があります／います ／…有…

→ 接続方法：{名詞} ＋に＋ {名詞} ＋があります／います

【存在】

（1）駅前に銀行があります。
えきまえ　ぎんこう
車站前有家銀行。

（2）テーブルの上に果物があります。
うえ　くだもの
桌上有水果。

（3）中山さんの隣に王さんがいます。
なかやま　　となり　オウ
中山先生的隔壁有位王小姐。

單字及補充

| 何・何 什麼；任何 | お姉さん 姊姊（「姉さん」的鄭重說法） | お兄さん 哥哥（「兄さん」的鄭
なに　なん
重說法） | 銀行 銀行 | テーブル【table】 桌子；餐桌，飯桌 | 本棚 書架，書櫃，書櫥 | 隣 鄰
ぎんこう　　　　　　　　　　　　　　　　　　　　　　　　　　　　　　ほんだな　　　　　　　　となり
居，鄰家；隔壁，旁邊；鄰近，附近 | 側・傍 旁邊，側邊；附近 | 横 橫；寬；側面；旁邊 | 角 角；
そば　そば　　　　　　　　　　　　よこ　　　　　　　　　　　　　　　　　　　かど
（道路的）拐角，角落 | 物（有形）物品，東西；（無形的）事物
もの

◆ は〜にあります／います　／…在…

→ 接續方法：{名詞} ＋は＋ {名詞} ＋にあります／います

【存在】

(1) 携帯電話は鞄の中にあります。
けいたいでんわ　かばん　なか
手機在背包裡。

(2) 今日は雨なので、私は家にいます。
きょう　あめ　わたし　いえ
今天下雨，所以我要待在家裡。

(3) 猫は部屋の外にいます。
ねこ　へや　そと
貓在房間外。

練習

Ⅰ [a,b] の中から正しいものを選んで、○をつけなさい。
なか　　　　ただ　　　　　　　　　　えら

① あそこに猫が　（a. あります　　b. います）。
ねこ

② 今は「字引」（a. という　　b. と同じ）　言葉はほとんど使いません。
いま　じびき　　　　　　　　　おな　　ことば　　　　　　　　つか

③ 本棚の横に椅子が　（a. あります　　b. います）。
ほんだな　よこ　いす

④ 私の家は山の上に　（a. あります　　b. おきます）。
わたし　いえ　やま　うえ

Ⅱ 下の文を正しい文に並べ替えなさい。_____ に数字を書きなさい。
した　ぶん　ただ　ぶん　なら　か　　　　　　　　　　　　すうじ　か

① エレベーター _____ _____ _____ _____ か。

　1. どこ　　2. あります　　3. に　　4. は

② 夏休みは _____ _____ _____ _____ 遊びに行きました。
なつやす　　　　　　　　　　　　　　　　　　　あそ　い

　1. ところ　　2. 軽井沢　　3. に　　4. という
　　　　　　　　かるいざわ

文法一點通

　　常聽到「という」跟「っていう」的説法，「という」是「っていう」的禮貌説法，常見於文章或
較客氣的對話中。「っていう」是口語用法，一般用在朋友或關係比較親密的熟人之間，請一起記住。
另外，沒有「ていう」這種用法。

　　再看看表示兩個存在的動詞「います・あります」，請注意「います」是用在有生命的物體上，無
生命或不會動的植物要用「あります」喔！

第 1 回

Ⅰ ①b ②a ③b ④b ⑤b

Ⅱ ① 3241 ② 4312

第 2 回

Ⅰ ①b ②a ③b a ④b

Ⅱ ① 3214 ② 1324

第 3 回

Ⅰ ①a ②a ③b ④b

Ⅱ ① 2431 ② 3241

第 4 回

Ⅰ ①b ②b ③a ④a

Ⅱ ① 3214 ② 4132

第 5 回

Ⅰ ①a ②b ③b ④b

Ⅱ ① 1342 ② 2134

第 6 回

Ⅰ ①a ②a ③b ④a

Ⅱ ① 2134 ② 2143

第 7 回

Ⅰ ①a ②a ③b ④a

Ⅱ ① 3241 ② 2143

第 8 回

Ⅰ ①a ②a ③b ④b

Ⅱ ① 1432 ② 4132

第 9 回

Ⅰ ①a ②a ③b ④b ⑤b

Ⅱ ① 3421 ② 4213 ③ 4213

第 10 回

Ⅰ ①b ②a ③b ④a

Ⅱ ① 2143 ② 4213

第 11 回

Ⅰ ① b ② b ③ a ④ b

Ⅱ ① 3241 ② 4312

第 12 回

Ⅰ ① a ② a ③ b ④ b

Ⅱ ① 1432 ② 1324

第 13 回

Ⅰ ① b ② a ③ b ④ b

Ⅱ ① 3124 ② 2314

第 14 回

Ⅰ ① b ② a ③ b ④ a

Ⅱ ① 2143 ② 4312

第 15 回

Ⅰ ① b ② a ③ a ④ a

Ⅱ ① 3142 ② 1324

第 16 回

Ⅰ ① b ② b ③ b a ④ a a ⑤ a

Ⅱ ① 1432 ② 3241 ③ 1423

第 17 回

Ⅰ ① b ② b ③ a ④ a

Ⅱ ① 2143 ② 4123

第 18 回

Ⅰ ① a ② b ③ b ④ a ⑤ b

Ⅱ ① 2431 ② 3241

第 19 回

Ⅰ ① a ② b ③ b ④ a

Ⅱ ① 4132 ② 1432

第 20 回

Ⅰ ① b ② b ③ b ④ b ⑤ a

Ⅱ ① 4312 ② 1432

第 21 回

Ⅰ ①a ②a ③b ④a

Ⅱ ① 4132 ② 3124

第 22 回

Ⅰ ①a ②a ③b ④b

Ⅱ ① 2431 ② 2134

第 23 回

Ⅰ ①b ②b ③a ④b

Ⅱ ① 3124 ② 1423

第 24 回

Ⅰ ①b ②a ③a ④b

Ⅱ ① 1432 ② 3241

第 25 回

Ⅰ ①a ②b ③a ④b ⑤b

Ⅱ ① 3124 ② 4132

第 26 回

Ⅰ ①b ②a ③b ④b ⑤a

Ⅱ ① 2431 ② 3142

第 27 回

Ⅰ ①a ②a ③b ④a

Ⅱ ① 2413 ② 1324

第 28 回

Ⅰ ①b ②a ③b ④a

Ⅱ ① 4213 ② 3124

第 29 回

Ⅰ ①a ②b ③b ④b

Ⅱ ① 3142 ② 1243

第 30 回

Ⅰ ①b ②a ③b ④b

Ⅱ ① 2143 ② 3412

第 31 回

I ① a ② b ③ a ④ b

II ① 3214 ② 2143

第 32 回

I ① a ② b ③ a ④ a

II ① 4132 ② 3241

第 33 回

I ① b ② b ③ a ④ a

II ① 3124 ② 2143

第 34 回

I ① a ② b ③ b ④ a

II ① 1432 ② 3421

第 35 回

I ① a ② b ③ b ④ a

II ① 2431 ② 3241

第 36 回

I ① b ② a ③ b ④ b ⑤ a

II ① 4231 ② 3241

第 37 回

I ① a ② a ③ b ④ b

II ① 4321 ② 3421

第 38 回

I ① b ② b ③ a ④ b

II ① 4231 ② 3241

第 39 回

I ① a ② b ③ b ④ a

II ① 2143 ② 2341

第 40 回

I ① b ② b ③ a ④ b

II ① 1432 ② 4312

第 41 回

Ⅰ ① b ② b ③ a ④ b

Ⅱ ① 4231 ② 3412

第 42 回

Ⅰ ① a ② a ③ b ④ a

Ⅱ ① 4231 ② 3124

第 43 回

Ⅰ ① a ② a ③ b ④ b

Ⅱ ① 4321 ② 3142

第 44 回

Ⅰ ① b ② a ③ a ④ b

Ⅱ ① 4123 ② 2143

第 45 回

Ⅰ ① b ② a ③ a ④ a

Ⅱ ① 1423 ② 2143

第 46 回

Ⅰ ① a ② b ③ a ④ b

Ⅱ ① 2413 ② 4231

第 47 回

Ⅰ ① b ② a ③ a ④ b ⑤ b

Ⅱ ① 3241 ② 1432 ③ 3142

第 48 回

Ⅰ ① a ② a ③ a ④ b ⑤ a

Ⅱ ① 3124 ② 1432 ③ 2341

第 49 回

Ⅰ ① a ② a ③ a ④ a

Ⅱ ① 4213 ② 3142

第 50 回

Ⅰ ① b ② a ③ a ④ a

Ⅱ ① 4132 ② 2413

索引

111

翻轉日檢 06

絕對合格
QR Code聽力魔法

考試分數大躍進
累積實力
百萬考生見證
應考秘訣
根據日本國際交流基金考試相關概要

頂尖題庫 快速記憶 術
Grammar, Context and Listening
文法、情境與聽力
扎實累積實戰×致勝近義分類的高效雙料法寶！

日檢 N5 文法

（16K+QR Code線上音檔）

發行人	林德勝
著者	吉松由美、田中陽子、千田晴夫、大山和佳子、林勝田、山田社日檢題庫小組
譯者	吳季倫
編者	李易真
出版發行	山田社文化事業有限公司 地址　臺北市大安區安和路一段112巷17號7樓 電話　02-2755-7622　02-2755-7628 傳真　02-2700-1887
郵政劃撥	19867160號　大原文化事業有限公司
總經銷	聯合發行股份有限公司 地址　新北市新店區寶橋路235巷6弄6號2樓 電話　02-2917-8022 傳真　02-2915-6275
印刷	上鎰數位科技印刷有限公司
法律顧問	林長振法律事務所　林長振律師
定價+QR Code	新台幣299元
初版	2024年 10 月

ISBN :978-986-246-858-6
© 2024, Shan Tian She Culture Co. , Ltd.

STS